Raul David Isman

Cuentos Eróticos

JustFiction Edition

Publisher:
JustFiction! Edition
is a trademark of
International Book Market Service Ltd., member of OmniScriptum Publishing Group
17 Meldrum Street, Beau Bassin 71504, Mauritius

Printed at: see last page
ISBN: 978-620-0-11103-6

Raúl Isman

Cuentos para leer en la cama

Raúl Isman (raulisman@yahoo.com.ar) es profesor de Historia, egresado de la Facultad de Filosofía y Letras de la Universidad de Buenos Aires.
Se desempeña en las cátedras de Introducción al conocimiento de la Sociedad y el Estado e Introducción a la Sociología en el Ciclo Básico Común de la U.B.A.
Ex integrante en la cátedra de Historia I de la Facultad de Ciencias Sociales de la Universidad de Lomas de Zamora y de la cátedra de Economía del Ciclo Básico Común de la U.B.A.
Es autor de las siguientes publicaciones *El pensamiento de Antonio Gramsci,* incluido en el volumen colectivo *Civilización y Barbarie.* Editorial Imprex. 1997, en colaboración Miguel Etchegoyen y Mariano Indart.

Menemismo y oposición, publicado en la obra colectiva *Sur, Menemismo y después.* Ediciones del signo. 1998. Compilación Alicia Iriarte.

¿Quién le teme a Historia I?, en colaboración con Alejandra Pasino, publicado en la Universidad de Lomas de Zamora 1998.

El pensamiento económico en colaboración con Marcelo Di Ciano. 1999.

La evolución del pensamiento económico. En colaboración Marcelo Di Ciano. 1999.

Como estudiar economía y no desfallecer en el intento. En colaboración con Marcelo Di Ciano. 1999.

Antes de Taylor y después de Ford. En colaboración con Marcelo Di Ciano. 1999.

Breve introducción al pensamiento económico en colaboración con Marcelo Di Ciano. 2000. Editado por la F.U.B.A.

Menemismo y oposición II. Publicado en el volumen *Colectivo La Década Menemista. Escenario social y algunas cuestiones políticas.* Publicado por ediciones Proyecto editorial. 2000. Compilación Alicia Iriarte.

La violencia. Ponencia presentada al congreso por un nuevo pensamiento de la C.T.A. Editado por EUDEBA en el volumen que compila las ponencias presentadas en el citado congreso.

El movimiento de los piqueteros. Incluido en el volumen colectivo *La Argentina Fragmentada.* Compilación de Alicia Iriarte. Publicado por ediciones Proyecto Editorial. Buenos Aires. 2002.

Algunas notas acerca de la actual coyuntura. En colaboración con Jorge Muller. 2002.

La globalización es una herida absurda y La insoportable levedad de los cacerolazos. Dos textos reunidos en un solo volumen publicados por la U.S.O. y el gobierno de Las Islas Baleares. 2003.

Los piquetes de la Matanza. Ediciones Nuevos Tiempos. Buenos Aires. 2004.

Muerte Súbita. Ediciones Nuevos Tiempos. Buenos Aires. 2006.

En el ámbito periodístico ha colaborado con diversas publicaciones y en la actualidad es miembro del Consejo editorial de la Revista Desafíos y columnista político en la mañana de la F.M. Varela, radio alternativa.

Andrea y la rata erótica

La sensualidad de ella había asomado bastante antes de toda señal de sus disturbios mentales. A los diez años medía más de un metro con sesenta centímetros y el busto- que llegaría ya desarrollada a la sabrosa medida corpiñística de 130- pugnaba por aparecer sensiblemente, cual idea hegeliana. Cuando alcanzó su tope pasaba ligeramente los tres cuartos metros por sobre el primero y tenía una figura digna de haber sido esculpida por un artista posesionado por un erotismo esquizofrénicamente afiebrado. Ancas cual manzana tentadora, cintura digna de mulata scolístca (mas no escolástica), senos que eran una invitación hacia lo pecaminoso, boca tentadora, todo el paquete integro sindicaba placer infatigablemente voluptuoso. Ya a cierta madurez, gustaba filmarse con su celular teniendo sexo y luego disfrutaba observando el bambolear de sus pectorales cuando era penetrada. A los doce generaba piropos exaltados, pero no exentos de vuelo poético y bocinazos durante sus paseos por la comarca quindimilera que la vio nacer y a la que nunca quiso abandonar definitivamente.

Sus trastornos con el sueño comenzaron luego del cumpleaños de quince, esa edad de los ensueños para las revistas románticas. Soportó la fiesta con la resignación de la persona que reconoce la futilidad de oponerse a los ukases de un padre autoritario y de una matrona absolutista. Le sirvió para conocer a un señor- medio siglo de experimentada existencia, casado, vinculado por negocios a su progenitor- con quien se encontró por casualidad durante una de sus primeras excursiones, sin compañías vigilantes, fuera de los territorios de Guidi y Cabrero. El hombre quiso ser gentil y caballerudo, invitándola a degustar unos copetines en la Richmond, señorial y tradicional confitería céntrica. La respuesta de Andrea lo sorprendió, pese a que juraba para todo quien que quisiera escucharlo que nada de lo concerniente a la esquiva y compleja femineidad podía resultarle fácilmente comprensible:

"No tomo alcohol, pero un café te lo acepto en un telo". El maduro galán había percibido- durante el festejo- en los ojos negros de la tetona un cierto deseo, pero no pensó que la cosa iría tan sobre ruedas.

Sus quince años pasaban por casi cuarto de siglo en otras mujeres y el guardapolvo- se estaba rateando al secundario- había quedado bajo custodia cercana al solar natal del barrio, de modo que en el hotel de citas pasaron por una pareja más de adulto con jovencita. Andrea quedó en tanga y entre sonoros gemidos le hizo sexo oral sin permitirle si quiera quitarse la corbata, menos camisa y pantalón. Luego de un largo conato succionístico, tragó con deleite el líquido que el hombre dejo escapar con un alarido satisfecho. Luego lo desvistió amorosamente. Mayor fue la sorpresa del masculino con la primer penetración, situación que le hizo comprender la virginidad que se estaba despidiendo del ser Andreístico. El turno de tres horas dio paso a otro, a continuación. Durante la gozosa tarde, la mujer despidió a la niña comprobando que los accesos para el garrote eran dos en su cuerpo y por ambos ella sentía idéntico placer. La relación duro algún tiempo, hasta que la esposa de él descubrióla. Andrea comprendió la infidencia, una tarde al volver de la escuela y ver a sus padres observándola con enigmático rostro (o cara o trucha) en transición: nada menos que de carneros degollados a torturadores de la E.S.M.A. alternativamente

Tal vez la prohibición de salir y el obligado encierro en su cuarto resultantes del episodio de marras hayan sido las causas de su conversión en paciente psiquiátrica. O quizás tal era el destino ya señalado por algún desconocido demiurgo para su mente torturada. Lo cierto que en la vigilía que sobrevino a su no electo retiro espiritual comprobó dos cuestiones:

a)   El insomnio sería parte sustancial de su existencia de allí en más. Ciertos accesos a pensamientos no del todo realistas dieron comienzo a un largo camino por la internación psiquiátrica, la frecuentación psicológica y hasta algún trato con curanderas.

b)   Nada de lo que hiciera le depararía placer alguno. No existirían en su existencia ni vocación por el estudio, ni proyecto laboral. Sólo hallaría placer desplegando las infinitas posibilidades de su sexualidad; tal vez no demasiado peculiar, pero si gozosa.

Descubierto de modo tan especial su ausencia de espíritu vocacional, navegó en la intrascendencia de comenzar carreras universitarias que no le interesaban. Las iniciaba para calmar a sus preocupados progenitores le permitía disfrutar más de sus tiempos que cualquier empleo. Desde luego que sus incursiones académicas le servían para reclutar partenaires para sus deseos e investigaciones sexológicas. Cuando estudió medicina, intentó convencer a un condiscípulo- ultradelgado, anteojos gruesos culodebotella, granuliento, extremadamente estudioso, con fama de estar entregado en cuerpo y alma al culto hipocrático- de la placentera necesidad de hurtar un pene en la clase de anatomía y usarlo como variante alternativa en pos de una encamada inédita. Pero fue engañada. Asdrúbal, hoy connotado cirujano neurológico, aceptó el convite y extrajo- ya desnudos y en un hotel cercano al emplazamiento de los claustros donde se forman nuestros galenos- un simple y vulgar objeto de los que se adquieren en cualquier sex-shop. Andrea no se amilanó y la cita resultó técnicamente inobjetable, pero la decepción sufrida con relación al proyecto original le vedaron para siempre la posibilidad de repetir la experiencia Asdrubaliana.

Durante su paso por la Facultad de Derecho vivió una experiencia singular que le permitió ganar algo en autoestima, aunque más no sea por contraste con la hipocresía de rigor en ciertos estratos sociales, mentada por Andrea bajo el colorido rótulo de *"caretismo"* . Resulta que un connotado jurista, filósofo, periodista y profesor universitario hacia gala en su columna televisiva de una moral férrea nacida, en su opinión, de la adhesión incondicional a los preceptos del dogma propio del catolicismo. Casualmente, la ya experimentada joven cursaría en su cátedra, durante el cuatrimestre que se iniciaba. Por otra parte, el septuagenario parecía bastante buen mozo, al menos desde lo que se veía en la caja boba. El asedio fue magistral. Durante las clases de "Eticidad y juridicismo", tal la denominación de la asignatura, la que nunca sería abogada participaba y respondía las preguntas del jurisconsulto con solvencia, como si le interesara algo las cuestiones. que allí se trataban. El virus de la fantasía enfermó al anciano más rápido que tarde y la invito a tomar el té, antes de terminar el primer mes de cursada. Durante la charla, Andrea supo encender los deseos del académico hablándole de las sugerentes posibilidades que se les abrían a ambos; al punto que este le concedió una pretensión harto exótica, pero que revestía para la erótica estudiante la condición de sine qua non: harían el amor en presencia de la por más de cuatro décadas legítima esposa del docto abogado. El sitio escogido, además, debía ser la mansión matrimonial que habíase exhibido poco ha en un magazine de banalidades. El modo del que se valió el abogado para que su cónyuge aceptase el convite- que al menos puede ser calificado como peculiar y extraño para naturalezas tan conservadoras- resulta algo que nuestras fuentes no lograron desentrañar de modo definitivo y menos fehaciente. Lo cierto es que el día convenido y a la hora señalada Andrea fue conducida por un mayordomo hasta la habitación nupcial, donde el libidinoso docente esperaba ataviado con un kimono de seda natural como exclusivo atuendo. En un sofá (originalmente) dieciochesco, la esposa, hierática, se disponía para ser privilegiada espectadora de situaciones que presumía, pero de las cuales carecía de una

5

correspondiente probanza jurídica. El pícaro abogado- ligeramente a la antigua- aún llamaba garconniere al departamento donde se refocilaba con diversas mujeres, desde los tiempos aún previos a sus esponsales. Se supo después, pero no públicamente. La tercera en discordia filmó todo para vengarse de su marido. El silencio de la abnegada esposa costó un buen paquete de rupias (dólares y euros, en rigor) pagado con resignación por el hombre, para que el escarnio público no tachase su reputación profesional ni arrastrase hacia un precipicio al tradicional magisterio de otras instituciones.

Había un punto en el que Andrea era desesperadamente rutinaria. No existía una buena encamada si- primero que nada- ella no saboreaba el chorro brotado bajo la forma de efluvio pringoso desde el juego conjunto entre sus labios y el aparato para el placer masculino. El miembro del comunicador era respetable y sabroso. Además, el tiempo de succión fue prolongado y placentero para ambos contendientes; y tal vez, también para la comedida espectadora. ¿Goce de voyeur o de vengadora?. Finalmente, el alarido fue el preludio para un torrente insospechadamente caudaloso, dada la edad avanzada del impetuoso pensador y que Andrea percibió- con mental gesto de catadora- como de un sabor especial. La joven invitó al hombre a esperar el momento de ser penetrada poniendo la cabeza en sus senos, que se ofrecían en toda su magnífica inmdesde el rabioso púrpura de los pezones. El hombre- que en ningún momento se quitó el kimono y por ello le dio a la escena un toque decadentemente buterfliano- le respondió que aún de joven era hombre de un solo (y sólo uno) cartucho. De modo que menos podía esperarse ahora en él un improbable (por no decir imposible) ballotage o segundo polvo. Por lo cual, urgía, la joven debía retirarse.

Andrea había concurrido a la cita desconociendo si se sentía atraída por el maduro galán o le seducía el conjunto de la situación que sus fantasías y deseos habían amasado de modo casi artesanal. El brusco final de la aventura le eximió de mayores cavilaciones acerca de la poco espinosa cuestión. Omitiría el relato en terapia, a los efectos de gambetear los molestos cuestionamientos de su psicólogo, el último de su vida en libertad. Evocadora pensó, mientras caminaba tranquila por los senderos del elegante barrio donde se había desarrollado la breve comedia erótica: *"A ese tengo que chuparle la poronga".*

II

El profesional de marras resultó la fuente más rica para que no se perdiera en la marea procelosa de los tiempos la rica (y malograda) personalidad de nuestra protagonista. Y a su testimonio- en lo central- corresponde la presente corporización en relato de sus placeres, sentimientos, obsesiones, aventuras y sufrimientos.

Jacques D'Artagnan Lamorousse era en su cara perfectamente redonda, sus modales refinados, en su pronunciación de la *"egue"* y su barba candado en punta el prototipo de los descendientes de aquellos guerreros indómitos comandados por Vercengetorix, poco antes del nacimiento del redentor. En realidad, había nacido en Pompeya- para peor la nueva en la ciudad de Buenos Aires y no en la urbe destruida por la erupción del Vesubio- por causa de que su padre, petainesco funcionario de Vichi, había fugado del avance aliado y resistente hacia lo que aún no se llamaba tercer mundo. Estuvo entre los primeros cursantes de la nueva carrera de psicología y egresó en la primer camada. Hizo una carrera profesional lenta, pero construyó una imagen de terapeuta riguroso que le saturó el consultorio de pacientes acaudalados. Se desempeñaba también en un instituto privado: pero una mancha en su foja de servicios lo constituía no haberse podido insertar en el sistema de salud público. No es que le faltaron oportunidades. Pero desde el punto de vista de la valoración profesional le repugnaba trabajar ad-honorem. Y ya se sabe, uno de cada cien psicólogos cobra por su trabajo estatal.

Así conoció el caso de Andrea, que llegó derivada a su consultorio por un colega; al cual la joven había logrado tentar con sus fantasías y que quedó infartado luego de una sesión inolvidable; pero no de psicoanálisis.

Desde el comienzo de la terapia se mezclaron las cuestiones: no hay dudas del deseo del psicólogo de ayudar a la joven a hallar un rumbo en su vida, aspiración incuestionable desde lo profesional. Pero también-veladamente- funcionaron en él las ilusiones de entrar en los deseos y las fantasías de nuestra protagonista; en rigor, muy poco resistente a ser penetrada. Pero lo peor de todo es que el éxito de la labor terapéutica le descubrió (¿o construyo?) una vocación- más allá de lo sexual- que fue la perdición para ella. Pero no nos adelantemos.

Las sesiones transcurrían lentamente entre confesiones de la mujer, que ya había cumplido veintiocho años, invocaciones de él para que encontrase un rumbo a su vida y el modo que el terapeuta trataba de reprimir una pasión que lo desbordaba. Cada vez que penetraba a otra mujer, la imagen de Andrea se le aparecía invariablemente entre los jadeos de su coequiper, fuera su esposa o alguna (de las) otra(s). En el diván, los pechos de nuestra protagonista oscilaban rítmicamente al compás del natural ritmo respiratorio. Jacques se desconcentraba de la terapia imaginando su miembro inserto en el mágico punto equidistante de esas dos protuberancias; que rememoraban, desde una dulce nostalgia, maravillas propias de la etapa anterior al pecado original.

El profesional elaboró una complicada tesis- nacida en principio sólo como ponencia, pero que creció al calor del tratamiento- que fue presentada tardíamente en el Congreso Mundial de la S.F.C.C. (Sigmund Freud Cientifical Comité) bajo la temática intitulada pomposamente *"Acerca del uso de la sexología para el descubrimiento de vocaciones ocultas"*. El escrito contiene confesiones analizadas a la luz de conceptos filosóficos y psicoanalíticos y es una pieza de valor literario que desafía todo encuadramiento en géneros.

Durante una sesión matinal en un verano tórrido, Jacques no pudo contenerse. La mujer- que esperaba el momento desde hacía cierto tiempo, pero que se había juramentado no declarar ella su excitación- había concurrido al consultorio con short ajustado blanco, tanga negra y un escote rutinario en ella. El manjar estaba servido, pero la sesión transcurrió entre quejas de Andrea contra sus padres y los pensamientos licenciosos del licenciado que no le permitieron concentrarse en el discurso de la paciente.

Finalizado el tiempo terapéutico, el psicólogo convidó a la paciente con café y discos (de pasta). Ella eligió una selección de jazz moderno y comenzó a bailar sola con los ojos cerrados. El profesional hervía de excitación y la tomó por la cintura. Ambos danzaron varios temas con los ojos cerrados y sin decir palabra alguna. El silencio fue roto por los gemidos de ella, que desde el vamos había sentido la pétrea presencia entre las piernas del profesional, pero se tomó un cierto rato para exteriorizar sus deseos. Los sufridos psicoanalizados que debían llegar a posteriori se cansaron de tocar el timbre. Hubo sexo variado y sabroso hasta el amanecer del nuevo día, contra las obligaciones terapéuticas posteriores, que quedaron para mejor ocasión.

Fue la relación más entrañable a lo largo de toda su vida para Andrea. Pero no llegó a amarlo. Por su parte, Jacques se había enamorado perdidamente, subyugado por la extraña mixtura de su personalidad que fundía juventud, el sabroso goce que desplegaban en la cama y el oscuro y ambiguo atractivo seductor que brotaba de la enfermedad mental. La mujer mantuvo la costumbre- ya comentada en el presente relato- de la prioridad por la oralidad. Pero el profesional de la salud agregó la práctica- internalizada como rutina- de un coito anal cada vez que se acostaban. Y no eran pocas. El deseo de sentir el miembro acometiendo su retaguardia fue durante cierto tiempo la realización misma del propio concepto de vitalidad para ella.

Una tarde él le propuso convivir, abandonando a su esposa. Andrea se negó y le sugirió, en cambio, ser su secretaria y aprendiz por los recónditos y misteriosos senderos de la psique. La decepción por la negativa a compartir la vida no le impidió al profesional ver el difícil nacimiento de una cierta vocación. ¿Estaba dando impensados frutos la terapia? De todos modos, se separó e instaló todos sus petates en el consultorio. El dolor por no tener a su amada durante todas las noches era moderado por verla crecer en su interés por las labores de operadora en salud mental. El desenlace de la presente historia (clínica) se aproximaba más rápido que lentamente.

III

Andrea comenzó a colaborar con las tareas de una O.N.G. dedicada a asistir a enfermos psiquiátricos en desamparo total, es decir, en situación de calle. Se hizo habitué para un grupo de mendigos que pasaban sus días en un ángulo de la Plaza Congreso. Les llevaba vestimenta y bastimentos para algarabía de todos menos uno, que jamás se quitaba- pese a los rigores de la canícula- un sucio y gastado sobretodo, muy similar al que ostentara el técnico campeón en 1978. Encuestaba sus necesidades y expectativas, les prestaba escucha fraternal y les hacía sentir que para ella eran importantes. Sólo Gustavo, apodado por el resto de la cofradía como *"el profeta"*, parecía inmune a su trato y encantos. Los demás cohabitantes de la plaza darían la vida por verla desnuda una sola vez, lo cual era comentado sarcásticamente entre ellos cuando la veían alejarse. Tal vez, ni siquiera pudieran imaginar realmente tocarla. El aprendiz de Menotti, en cambio, parecía habitar en otra galaxia. Muy de rato en rato dejaba escapar un delirio inverosímil y tornaba a la situación de silencio, que a los demás conjurados se les aparecía como ensoñación mística.

Si bien sentía un cariño entrañable por Jacques y una proverbial excitación con él, no se privaba de tener sexo con cuanto hombre entraba en sus fantasías.. Inclusive logró realizar con el psicoanalista su antigua fantasía consistente en voltearse (de modo stereofónico) dos machos muy diferentes entre si, al mismo tiempo. El coequiper vino a ser el camionero Querubín Angel *"Garrote"* Jiménez. El apelativo no se refería a lo que todo el mundo pudiera fácilmente imaginar (aunque por cierto lo mereciera); si no al hecho que el mencionado desempeñaba tareas como concertino (solista) de bombo en la Moyano's Truckers Sinphonic Band, agrupación de cámara (neumática) del gremio camioneril.

La experiencia le sirvió para conocer también sus límites. Resulta que el músico y transportista se había manifestado durante las conversaciones preliminares como dispuesto a entrar exclusivamente en reversa, durante el delicioso juego de la doble penetración. La vez primera resultó muy sabroso. Pero con ocasión de la segunda, la sensación se volvió más ambivalente; ya que intensa y profundamente desgarradora fue la percepción remanente en Andrea luego de el contundente juego. El hombre estaba particularmente dotado y acometió una tercera sin la colaboración (solidaria) del por entonces cansado terapeuta. La dureza del miembro y el ímpetu de su empuje fueron demasiado para la otrora exigente doncella quien rogó un cambio de frente. La solicitud no fue atendida por el bombista, quién siguió pugnando por introducir toda su corpamenta- además del sorongo- en el ano femenino. Cuando el gentil cocheroi hubo vaciado todo el tanque, cierto dolor padecido (que le hizo brotar algunas lágrimas) quedó atrás y la niña colocó su boca primorosamente en el miembro del camionero que comenzaba a dar señales de cierto agotamiento. Jiménez recordó obligaciones desatendidas y en ofrenda de amor le dejó de regalo a Andrea un relicario con la imagen technicolor de la *"Pato"* Bullrichkoff, matrona de los sindicatos y corporaciones. En el reverso del adminículo, sonreía desde su eterno bronceada la diosa del contrato moral, *"chiquita"* Le Carr. Se trataba- en opinión del percusionista- de una ofrenda significativa, ya que el obsequio fungía como tótem cuasi religioso para un correcto y eficiente desempeño sexual. Partió dejando a la pareja habitual relajándose en un sabroso 69.

Durante sus visitas a la pléyade de la Plaza, Andrea había tomado para sí la tarea que con ella había intentado su mentor y terapeuta Jacques; pero con relación al lunático del sobretodo. Durante un cierto tiempo le hablaba con parsimonia, pero con persistente entusiasmo. De modo que sentía así crecer su vocación; pero al propio tiempo, una imparable atracción corporal por el desdichado habitante placístico. Primeramente, no pasaba de ser una fantasía. Pero acaso ¿No se había preciado de realizar todas sus fantasías siempre? No pasó mucho tiempo que llegó a sentir como imperiosa la necesidad de revolcarse desnudos con el loco. Hasta que llegó un día, el ultimo suyo en libertad, que se propuso una vez más darse el gusto. Se vistió hiper sensual y fue al encuentro del único hombre que en toda su vida rechazó la posibilidad de acostarse con ella. Le musito al oído la necesidad que sentía de ser penetrada por él y no por otro. Le rogó que pasasen una tarde de sexo salvaje en un hotel aledaño. Ni siquiera le adujo la necesaria condición previa del aseo, que Gustavo no realizaba tal vez desde vidas anteriores. Repentinamente, él cambió su expresión- entre mística y ausente- y la miró con dulzura para decirle: *"yo sólo lo hago con ella"*. Irguiose y abriéndose la prenda fuera de temporada se pudo ver a una horrible rata- deformada por la obesidad- que le carcomía la piel llagada.

Luego del desmayo, Andrea- socorrida por una ambulancia del S.A.M.E.- fue asistida y despertó en la guardia de un hospital. Su expresión facial nunca volvió a ser la misma. Le faltaba muy poco para cumplir treinta años y entraba al psiquiátrico para- tal vez- no salir nunca más.

Grazie y el sexo:
Realidad y fantasías

A la mitad de su década cincuentona, Graziela conservaba junto a la tersura de su piel, la magnificencia de sus senos- de generosa protuberancia y pezones erectos- con más un deseo rotundo de sexo que la había distinguido desde los quince años, el momento en que descubrió su militante vocación por coger. No es el recuerdo de aquella desfloración lejana ya en cuatro décadas la que convoca nuestra escritura, sino más bien sucesos contemporáneos que pasaremos a relatar en cuanto situemos algunas circunstancias necesarias para la comprensión de la trama. Alta, rotunda corporalmente hablando, dotada con una llamativa presencia, rubia (primero por naturaleza, luego; por adopción), sus graciosos rulos caían sobre los hombros configurando un llamativo encuadre a su rostro.

Maestra jardinera con profunda vocación, parecía asexuarse en el trato con los pequeñuelos concurrentes a la salita amarilla del establecimiento materno infantil ubicado en el barrio suburbano. Era el mismo distrito al que habían llegado sus abuelos, cuando era poco más que la estación ferroviaria. La sensualidad de la ya madura docente no pasaba desapercibida para muchos padres de sus pequeños alumnos, quienes nunca dejaban de dedicarle miradas que estallaban de deseo, cuando no acercamientos más audaces; como aquel morocho que viendo la efusividad con que abrazaba la maestra al pequeño en el momento de recibirlo, prometió vestirse con guardapolvo a cuadritos para recibir simétrico trato.

Pese a su naturaleza ardiente, siempre fue fiel a sus sucesivos tres maridos. En realidad, para la ley permanecía célibe, pero le gustaba llamar maridos a los hombres que convivieron con ella. Con los dos primeros, la ruptura obedeció a su propia decisión, cansada de la falta de diálogo con sus cónyuges y el agotamiento de sus recursos amatorios (de los maridos). Con ellos, ni siquiera se planteó tener hijos, dada la inestabilidad a la que los sometía que los hombres no tuvieran (ni vocación de hallar) trabajo estable. Ninguno de los dos, pese a sus súplicas (las de ella), pudo penetrarla análmente. Nada le gustaba más que la buena poronga de su hombre amado, entrándole una y otra vez, multiplicando su sed de orgasmos y a la vez, saciándola. Pero se había acostumbrado a hacerlo sólo por amor desde cierta madurez, luego de retozar en su temprana juventud con variedad de ejemplares del lado macho de la fauna masculina; cada uno de los cuales le hizo ver oportunamente un momento particular del acceso al mundo celestial.

II

Su tercer marido; Aldo P. Poy, fue el que mejor supo tañir su cuerda erótica. Con él descubrió las delicias de la puerta trasera. Así se le presentó una cierta contradicción: amaba ver sus largos cabellos negros agitarse al ritmo con que su hombre la penetraba, con tanta dulzura como profundidad. Pero si le hacia la cola, debía imaginarlo; ya que entre que el rostro de la mujer estaba hundido entre las sábanas y el delirante placer, la visión quedaba reducida a segundo plano. Resolvió el acertijo con cierta creatividad. Una tarde de verano, luego de coger (por vía tradicional) desaforadamente, Aldo se durmió casi de modo infantil. Graziela se quedó con el cuerpo acurrucado del hombre amado y con sus manos descansando en el miembro, ya reducido a la mínima expresión. Entrecerró los ojos y tuvo una visión celestial, mientras que la pija lentamente iba retomando su mejor forma. Golosa, la acarició con los labios y la lengua. La hundió en su boca para sentir que retomaba la consistencia pétrea que le hacía perder la cabeza. El marido despertaba en enviadiable situación: la mujer le realizaba sexo oral ya desatada de excitación. Acto seguido, ella tomó un poco de vaselina y le untó la poronga con el noble lubricante, al par que convidaba al hombre a que hiciera lo propio con sus nalgas y orificio anal. El- no plenamente despierto- vio como se sentaba sobre el pene y lo introducía con magistral puntería en el ano. El resto fueron los gemidos de Graziela, el rítmico movimiento de sus tetas balanceándose, el goce compartido, observar el mágico conjunto del pubis femenino acercarse y alejarse; lo cierto es que- antes de hallarse plenamente despabilado- dejo salir una catarata seminal, coronando el orgasmo con un alarido memorable. Con la percepción fresca aún de la tibieza recibida, ella se dejó caer abrazando el rostro de su hombre con los senos. Aldo se los besaba lentamente y con parsimonia, casi ceremoniosamente, corríase hacia abajo. Antes que la dama reaccionara, le besaba el clítoris y luego sumergía su lengua en el húmedo precipicio, que ella no intentaba quitar de tan magnética influencia. Perdió la cuenta de los orgasmos que sintió durante la hora en que el hombre se regodeó saboreando la vagina y zonas de influencia. La salida de la luna, cómplice, los descubrió durmiendo desnudos, abrazados, satisfechos.

Homónimo de un jugador de Rosario Central en los años '70, no heredó ni su capacidad para ahorrar dinero ni su calvicie, pero se asimilaban en talento. Uno, con el balón pié. El otro, con la pija. El tercer hombre de Graziela hizo carrera en una fabrica de bolsas de residuos, en la que pasó de empaquetar las de tamaño común a encargado de la sección embalaje de piezas para consorcios. La esposa del dueño de la empresa- que se entretenía fisgoneando desde secreto observatorio en el vestuario proletario- descubrió asombrada el miembro de Aldo: el cual resultaba un desafío para su capacidad cognitiva. Resuelta a saltar el obstáculo epistemológico, concertó una cita con Aldo. Las fuentes que nos refirieron el episodio no fueron demasiado explícitas en los detalles, por lo cual no podemos abundar en precisiones. Pero la fracción marido de la patronal, alertada de la situación por vaya a saber que oscuros recursos de espionaje, tronchó el incipiente romance. Por lo demás, Aldo no se proponía hacer un culto a la fidelidad.

Su ascenso fue festejado con una cena, en la cual, Graziela le confió que quería un hijo de él. La respuesta fue una sonrisa, en la que la maestra de parvulillos creyó ver que al fin llegaría el tiempo del suyo. En realidad, arribaba el fin de su matrimonio. Desde ese día y hasta que el hombre dejó el hogar, sólo se la puso en la cola; *"Vía dudosa",* según la legislación de la hermana República Oriental del Uruguay. Cotidianamente, cuando ella abría sus piernas ansiosa por recibir el miembro, que la hacia suspirar de nostalgia cuando se hallaba sola, el la ponía de cara a las sábanas y le hacia sentir el rigor de su tronco por vía posterior.

En su nueva especialidad, Aldo compartía horario con Victoria, una veintiañera tan bella, como escasa de luces intelectuales. La atracción surgió entre ellos sin palabras. En verano la temperatura en la pequeña planta superaba en un dígito a la registrada en el ambiente. También en invierno; pero lo que en época de fríos resulta agradable, tórnase difícilmente soportable en la canícula. Vestidos con shorts y minúsculas musculosas, trabajaban uno junto al otro en silencio, mientras el sudor realzaba el brillo de sus cuerpos. Parecían una estatua al trabajo, pero bien mirados, ya eran una oda escultural al erotismo. El aún marido de Graziela había entrado a la empresa terminado su servicio militar. Desde entonces, sobrellevaba las rutinas laborales con fantasías sexuales en las que varias mujeres se convertían (al unísono) en adoratrices de su divino miembro, haciendo que a él le interpretaran de modo magistral diversas variaciones para un uso virtuoso de la flauta y el trombón. No podía extrañar entonces que, aún trabajando, tuviera una erección considerable. Advertida o no, casualidad o no, ella le pidió que la ayudase, con unas bolsas atascadas. El se le acercó por atrás e ¿inadvertidamente? la rozó con todo su cuerpo, en especial con su pene. Victoria sintió que su piel se encendía y el deseo se dibujo radiante en su rostro. Llamados por el deber se contuvieron. Pero Aldo ni siquiera pudo fantasear con ella mientras se duchaba, finalizado el turno laboral. La joven se corporeizó mágicamente en el vestuario y le chupó la verga de modo inolvidable, acariciados ambos por la ducha tibia. Salieron en un remis directo a un hotel, donde no quedó espacio para la fantasía. De buena gana se hubiera quedado toda la noche saboreando el sexo de la mujer, pero ella también era casada. Durante un mes, con el pretexto de horas extras, iban al mismo hotel cotidianamente. Pareció el mes de pre-aviso, obligatorio por ley en los contratos laborales, pero no en los maritales. Lo cierto es que Victoria provocó el mutis por el foro de su consorte e invitó al hombre que le volaba la cabeza a compartir cotidianeidad, juegos, mate y fideos.

Graziela, desde que había comenzado el romance de su marido, lo notaba extraño. Cansado e ido cuando hacían el amor, primero lo adjudicaba a las horas extras. Pero- ya decidido a convivir con Victoria- el hombre había confesado la verdad y *"nunca es triste la verdad, lo que no tiene es remedio"*, decía Serrat. Para peor, el tarado luego de decirle que se iba, le propuso hacer el amor a modo de despedida. Rechazó el convite por causa del orgullo herido, no por falta de deseo, y se dedicó a armarle la valija. En un rato concluyó la tarea y lo sacó de la casa prácticamente a los empujones.

III

Cerró la puerta (a su tercer matrimonio) y sintió que se abría frente a ella un enorme agujero negro de vacío y tristeza. Por fortuna, las cosas sucedían a mediados de diciembre, de modo que su estado de animo no podía repercutir en la labor áulica. El 22 de diciembre, al terminar la actividad anual, rechazó una invitación de una compañera para veranear en Mar Del Plata y se dispuso a procesar su duelo en soledad. Pasó varias noches en vela y entre lágrimas, pero se dispuso a no velar sus sentimientos. Los cursos de danzas rituales, cocina étnica, ikebana, chamanismo, purgantes budistas, bonsai, yoga, artes curativas mayas y corte and confección no le resultaban atractivos. Luego de los primeros días, regularizó el sueño y decidió pasar el verano al sol, en la pileta del club. Con su equipo de supervivencia compuesto por termo, mate, bombilla, revistas, libros, agua mineral, taper para ensaladas varias, cremas para el sol, anteojos oscuros y mp3 no necesitaba nada más para abstraerse del entorno y así paso la primer quincena de enero.

Pasado ese tiempo de duelo agudo, comenzó a mirar un poco el ambiente, no tanto para inmiscuirse como protagonista, si no más bien para observarlo como espectáculo digno de entretenerla. Le llamó la atención en primer lugar el más que escaso apego por ciertas proporciones estéticas en la exhibición de los cuerpos femeninos. El Top-less, con su galería de pectorales de formas y tamaños diversos, no podía ocultar (más bien, al contrario) los rastros cebaseos que los años y las pastas (de la mejor cocina itálica) habían dejado en muchas damas. Las causas para tanto des-recato y desenfado otoñal no eran otras que el clima de desenfreno sexual que se vivía en el natatorio. Mujeres casadas, tras poco más que un juego de miradas, partían hacia hoteles cercanos con festejantes de circunstancias. Menos las que tenían hijos pequeños en la colonia del club. Ellas- o sus amantes- debían alquilar una habitación precaria en el mismo establecimiento, para realizar de modo rápido y furtivo lo que sus obligaciones les impedían con la libertad de las nombradas en primer término. Los turnos eran de sólo una hora y debían solicitarse con harta anticipación: tal, la demanda. El viejo club Defensores de la Ciencia y el Deporte era una verdadera Sodoma barrial y merecía mudar su nombre por alguno más a tono con las posmodernas costumbres de los asociados y concurrentes. Un fletero nuevo en el barrio entro a la habitación con dos cincuentonas y al salir, los tres eran la radiante imagen de la felicidad. Cierto día, camino al baño, los inquilinos habían omitido correr la cortina y Grazie vio de reojo a una pareja en plena realización de un espectacular 69. La nostalgia por lo perdido no hizo que disminuyera su dolor, por lo cual pensó que pasaría cierto tiempo para volver al ruedo. O tal vez no volvería nunca, pensó casi entre lagrimas.

El eje de las miradas femeninas era Diego, el guardavidas. Alto, con una prodigiosa musculatura amasada sobre la base de pesas, inacabables sesiones gimnásticas y ensaladas, usaba un ceñido slip que realzaba la perfección de su cuerpo. Desde adolescentes ansiosas por acabar con su virginidad, hasta maduras de muchos combates soñaban con quitarle la diminuta prenda que guardaba un secreto prodigioso. Menos

13

Graziela, que continuaba en su duelo, aunque ya no en fase aguda. Diego parecía una esfinge y no daba pie a las fantasías de su femenina hinchada. Un anochecer lo vio entrar al condominio en el que vivía: habían resultado vecinos. Pero el saludo no fue más que una mueca de circunstancias.

Con febrero, volvió la obligación de trabajar, por lo cual a la pileta concurría sólo los fines de semana. Le llamó la atención el cambio de clima. Durante el week-end- la cercanía de los consortes volvía a las mujeres tan sobrias como recatadas, al modo de la histórica tradición del club Defensores de la Ciencia y el Deporte, institución que había merecido- en ocasión de su ya lejana fundación- el padrinazgo del obispado. Los top-less habían mudado en piezas enterizas y la habitación del placer permanecía en descanso hasta el martes, día en que volvía a convertirse en territorio de la lujuria.

IV

El viernes de la primer semana de trabajo se sintió agotada. Llegó al mediodía, se quitó toda la ropa y se acostó a dormir, sin almuerzo previo. Pasaron las horas y seguía en el mejor de los sueños. En el escenario onírico, un joven musculoso la había descubierto dormida y- cumpliendo con extraña promesa- le había quitado con la boca la más primorosa de sus tangas, su único vestido que separaba del mundo su sexo en reposo. Luego de lo cual procedió a embriagarse con el sabor de la vagina, cuya dueña persistía en continuar durmiendo. En el sueño, luego de un rato de tan gustosa práctica, la agraciada dama despertó y comenzó a pedirle al sobador que la penetrara con la voz imperativa que caracteriza a muchas mujeres en similares circunstancias: *"Cojeme, por favor",* dicho tal parlamento entre gemidos, con notable ansiedad y muy cerca del ataque de nervios en caso de quedar el perdido insatisfecho.

Mientras tanto, Diego, de vuelta a casa de su trabajo, notó que se había olvidado de hacer hielo. Recordó a su vecina y marchó a pedirle una cubetera de favor. Aún llevaba en el morral la cámara de D.V.D. que un amigo le confiara hacía instantes. Golpeó la puerta varias veces sin obtener respuesta. Convencido que no había nadie en el departamento, iba a dirigirse a la estación de servicio, para pagar por el hielo que no podía conseguir de favor. Se detuvo al percibir los gemidos que pronunciaba la dueña de casa, más los alaridos referidos en el párrafo precedente. Creyó que la docente se hallaba en plena fiesta y lo acometió su (secreta) vocación vouyerista, algo que el joven guardaba y estaban al tanto sólo de algunos de sus muy íntimos.

El respeto por la mujer y por el principio constitucional de la propiedad privada se hallaba en contradicción con la tentación de ver lo bien que se la cogían a ella, un espectáculo demasiado tentador para que lo desaproveche el curioso mancebo, ducho para la muy peculiar costumbre de ver el porno en vivo y en directo. Se podía decir que existían expertos en cine pornográfico, pero él era idóneo en teatro (aintencional) de similar característica. Comenzó a cavilar, febril y excitado, el modo de entrar a la vivienda, sin comprender que la solución estaba al alcance de la mano: en el picaporte que no había recibido llave ni traba. Lo descubrió por casualidad al apoyarse en el mismo. La puerta cedió y Diego marchó para ver el escenario deseado.

Se acercó lentamente, para no ser descubierto, hasta la puerta del único dormitorio que permanecía abierta. Su respiración agitada daba cuenta de la excitación que ya lo consumía. Pero, al mirar con cuidado por la puerta, la soledad de la dama lo desconcertó. De todos modos, era un espectáculo magnifico para cualquier hombre. Pero no para él. Los rubios bucles se hallaban agitados como todo en ella. Sus hermosos senos se sacudían al ritmo del frenesí que vivía en sueños. Los jadeos sólo dejaban de salir de su boca voces para exigir perentoriamente ser penetrada.

14

Por un instante, Diego no supo que hacer. Luego de meditar casi medio minuto tomó una decisión particular y se acercó a la mujer: sería vouyeur de sí mismo. Saco la cámara, la centró adecuadamente y la puso en funcionamiento. Luego de quitarse la remera y la bermuda, quedó ataviado con el slip que hacía las fantasías de toda buena dama del natatorio. La única diferencia con el sueño era que la dama que efectivamente dormía y, no la que habitaba en el mundo onírico, carecía de la necesidad de ser despojada de prenda ninguna ya que estaba ataviada como había llegado al mundo.

Apoyó su lengua en el húmedo espacio que configuraba el centro del placer de Grazie y sus manos en cada uno de sus senos. Las manitos del muchacho- con sus dedos que al decir de un compañero del secundario semejaban un racimo de porongas- eran grandes; pero pese a ello, apenas podían abarcar las globosas tetas. Igualmente, el ademán fue sumamente cariñoso, de manera que la acción conjunta de extremidades y apéndice lingüístico hizo estallar a la mujer en un alarido: se trataba de un sonoro orgasmo. Lo que ella no pudo nunca saber, ya que en ese mismo instante despertaba, es si quién había acabado era Graziela o la dama del sueño.

V

Extrañada y aún adormilada miró al inesperado visitante y lo reconoció por el slip. Dirigió su mano hacia allí y le quitó la prenda. Pese a que no había fantaseado con el aparataje de Diego, sabía por algunas charlas con chicas en la pileta que imaginaban un miembro capaz de satisfacer las más audaces fantasías femeninas. Puso su boca allí, al tiempo que pensaba que la imaginación femenina a menudo es muy corta. Se acomodaron con ella arriba de modo que la lengua del muchacho proseguía su placentera tarea, sus manos comprimían los senos con enorme placer y la retornada a las lides amatorias sumergía el pene en su boca. Así ella vivió una catarata de orgasmos, hasta el momento en que el guardavidas acabó dejando salir un torrente blanco y sabroso.

Se quedó embelesada con la pija en la boca, alzó la vista y vio la cámara. Tantas novedades configuraban un contexto difícil para la comprensión del más inteligente y sagaz. En principio, un mínimo diálogo (acerca de la presencia de Diego en el lugar o si la cámara se hallaba para comenzar una carrera hacia el estrellato en el porno-cine) exigía tragar o deshacerse de algún modo del pastoso contenido que el muchacho había soltado sobre la boca algo desacostumbrada de Graziela. Por un instante no quiso saber y permitió que la oscuridad fuera el contexto para el sereno placer que vivía. Lentamente fue bajando por la garganta en dirección al aparato digestivo el recuerdo que el bañero había dejado en la madura mujer.

Ella cambió de posición, para poner su rubia cabellera junto al hombro de Diego. Los dos se quedaron serenos y callados durante un cierto tiempo. Luego, Graziela lo besó, hundiendo profundamente su lengua poderosa en la cavidad bucal, al modo que a todos sus amantes parecía gustarles tanto. De todos modos, al joven pareció no conmover demasiado el ósculo, que en la mujer marcaba una vuelta a la vida. Luego le preguntó por su presencia allí y la de la cámara. La respuesta fue escueta, sintética, pero sin falsedad ninguna. Una verdadera casualidad había hecho que se hallen así, desnudos y dispuestos al placer. Sólo omitió un detalle nimio que será revelado al concluir este relato. De hecho, lo hubiera mencionado. Fue la dama- que urgentemente lo instaba a recomenzar- la que interrumpió el socrático diálogo con sensuales y sugerentes apretones de mano en la poronga.

En efecto, Grazie había dejado en el olvido el dolor en su alma y ansiaba ser penetrada. Sin dejar de jugar con la pija, se subió sobre él y, para su sorpresa, el muchacho, con un

15

pase de malabares, puso otra vez la concha anhelante en su boca y recomenzó con la fajina de oralidad. El placer era sublime, pero Grazie quería algo muy concreto. Se lo empezó a rogar: "¡cojeme, amor!;" pero lo cierto es que cuanto más rogaba, más orgasmos la invadían y superaban a ritmo de ametralladora montada sobre la boca de Diego. En pocas palabras, un extraño éxtasis. Le imploró: "metémela, por favor", ya habiendo perdido toda compostura y como si de la satisfacción de tan primario deseo dependiera la solución del hambre universal. Por toda respuesta, Diego la puso boca arriba y le acercó el miembro a la boca. Pero no para que se lo chupase. Con sólo rozarlo, dejó salir su secreto contenido sobre el rostro de su frustrada amante.

Grazie suspiró, parecía que no era su día y le preguntó: *¿ Por qué no me la pones?* Y el muchacho descerrajó la respuesta más inesperada, que había quedado pendiente líneas arriba *"Soy gay"*. La maestra se acostó mirando el techo, presa de una convulsión carcajadística que duró casi media hora. Al cabo de la cual le dijo: *"gay y vouyeur"*.

Se quedaron un rato charlando desnudos en la cama y luego, ya vestidos y entre mates, siguieron de confidencias hasta el amanecer. Diego le relató sus curiosas sensaciones cuando veía coger a otros, pero no quiso develar si era pasivo o activo. Compartieron el casero video recién filmado, tras lo cual, lo destruyeron. Graziela se guardó un secreto que nunca le reveló a su nuevo amigo (los orgasmos de ese día asumieron para ella una luminosidad inédita y nunca vivida a posteriori). La maestra no se enamoró nunca más, pero volvió a tener sexo apasionado con un ejecutivo (casado) de una multinacional, además de otros hombres. Muchas veces, las fragorosas escenas eran observadas por el guardavidas, desde un mirador electrónico. El vínculo fraternal entre ellos perdura y la maestra incorporó a sus gustos la mirada secreta (sin ser detectada) sobre las relaciones de Diego. Siempre de alto voltaje con hombres maduros, delgados, elegantes, nada afeminados; Grazie, tan locuaz para relatarnos detalles de su vida íntima, negose con pertinacia a revelar si Diego era pasivo o activo.

La Walkiria guaraní

Helga Irupé Schuokenberg había nacido de un padre descendiente de auténticos caballeros de la orden teutónica germánica y una madre de pura cepa indígena guaraní, aproximadamente cuando la pasada centuria transitaba su último tercio. El parto era resultado de un affaire fuera del cristiano matrimonio del progenitor; pero, hombre de ley y de principios, le dio su apellido y un lugar periférico en el misionero yerbatal familiar, solar modesto que funcionaba a modo de más pequeña que mediana explotación económica y de habitat para lo que los antropólogos denominan familia extensa.

La niña creció en íntima simbiosis con los relicarios de la- otrora- exuberante naturaleza selvática de la región, que la explotación humana aún no terminaba de civilizar del todo. Sus cabellos largos rojizopors peinados con bellas trenzas hacían un extraño contraste con su piel oscura y dos enormes ojos verdosos; al tiempo que la coloración capilar se fundía graciosamente con la tierra del lugar. No recibió más que la educación elemental habitual en las mujeres de su condición; pero pese a la escasez de estímulos propia del entorno geográfico y social demostró una sensibilidad inusual. Podía entretener a los niños- sus contemporáneos- mejor que los maestros y dialogar con toda la fauna misionera, inclusive con las víboras asimiladas a la feminidad en la tradición cristiana y de tan mala prensa para las personas del común. Guardó siempre dentro de si una vocación de escritora que sólo pudo desarrollar más que en papeles sueltos y apuntes dispersos, sin esperanzas de acceder al mundo editorial.

Fue una hermosa niña y pasó casi sin transición a la condición de señora, ya que puso en ella sus ojos Roberto Paniagua, robusto morochón que resultó descendiente de mensúes paraguayos y su casi contemporáneo. Era peón de un obraje adscrito al yerbatal y perteneciente a Don Kart Schuokenberg, Como es de imaginar, puso algo más que los ojos, ya que Helga no tenía aún diecisiete años cuando su vientre daba inequívocos signos de gravidez.

Para la humilde progenitora de nuestra protagonista, el consiguiente matrimonio significó un alivio en la mesa familiar, dado que los noveles cónyuges hicieron-literalmente- rancho aparte. Para el padre, resultó indiferente pues su bastarda y el cuasi yerno pertenecían al inventario del molino productor de la infusión nacional; empresa perteneciente a su estirpe desde hacia casi un siglo, cuando el primer Kart Schuokenberg pisó suelo misionero proveniente de la lejana y transoceánica Baviera.

Así la familia y sus nuevos compromisos significaron una rutina en la que la joven señora invirtió tiempo, esfuerzo, dedicación, deseos, esmeros, afanes y más de un sinsabor. Hacia sus veinticuatro años y con un quinteto de vástagos machitos alegrando la modesta vivienda descubrió algo que transformó sus fantasías. Pero, en rigor a la verdad, cambiar totalmente la vida era algo bastante más complejo y difícil,

El apelativo La Valkiria Guaraní se lo había puesto un maestro de dibujo cuando apenas contaba doce años de edad. Prendió en la comunidad, más allá de la incomprensión acerca del wagneriano significado que los rústicos aldeanos ni siquiera imaginaban. Desde antes que sus quince brillaba en los bailes y dando la vuelta dominical en la plaza pueblerina. El calor tropical misionero le confería un brillo especial a su piel oscura y la epidermis ligeramente oscura la destacaba de las demás mujeres durante las noches calurosas. Las descendientes de europeas puras tenían la piel de papel y semejando leche pálida. Las aborígenes carecían del toque teutón de sus facciones. Todos los hombres la deseaban, pero fue del simplote Paniagua, quién entre su elemental español y su no menos escaso en vocablos guaraní no podía pronunciar más que un ciencuentenar de giros lingüísticos.

La transformación en su percepción existencial comenzó a operar a partir que el despuntar del milenio numerado veintiuno trajo una novedad al pueblo. Un cybercafé permitía acceder a la INTERNET y a posmodernos y sofisticados juegos. Al principio, había que sacar número, más teniendo hijos. Cada vez que iba necesitaba seis computadoras. Pero en el establecimiento de moda fue que descubrió la palabra misteriosa, la que abriría un camino impensado en su psiquis inexplorada por cuestionamientos y complicaciones tan habituales, por otra parte, en féminas habitantes de grandes urbes. Así fue que en una página denominada www.elpoderginecológico.org descubrió las palabras que- prima facie- no comprendió, pero que tendrían sobre ella duradera impronta. Decía en un titular titilante algo así como *"El siglo XXI será la centuria del orgasmo femenino o no será.* Femenino estaba claro. Pero ¿Orgasmo? Como no era tonta advirtió la posibilidad de buscar en los propios ordenadores y así arribo a respuestas que incluían las diferencias entre ambos sexos. Luego de una definición certera y general definición del sustantivo mentado allí se decía: "*La sensación subjetiva de orgasmo está centrada -en la región pélvica- en el pene, en la próstata y en las vesículas seminales en los hombres y en el clítoris, en la vagina y el útero de las mujeres".* Después de un cierto cavilar concluyó que no sólo desconocía el significado, sino también las propias sensaciones del dichoso orgasmo.

Desde ese día soñaba con vivir de orgasmo en orgasmo, lo cual era por cierto altamente contrastante con su vida sexo-matrimonial. Paniagua era más rutinario en la cama que en su vida laboral; lo cual, era muchísimo decir. En efecto, cumplía tareas en la empresa de lunes a domingo con franco mensual y penetraba a su mujer apenas dos días por semana. Y lo hacía además con la modalidad polvo-express, en la cual la pobre Helga no distinguía si se trataba de una relación sexual o del amago de un aguacero veraniego que seguía de largo sin dejar caer ninguna gota. La misma posición, la misma duración, idéntica monotonía, el hastío como amante; todo llevaba a la protagonista a realizar su vida erótica oníricamente. Al principio, despierta; a pura imaginación. Luego, dormida, fatalmente sus mejores encamadas terminaban cuando ella se despertaba agitada y tocándose con dedos de ansioso deleite.

Durante un viaje por trámites en autobús a la Capital Federal, viajaba sola en el piso superior del vehículo y en una parada subieron dos muchachos, estudiantes en la lejana y pecaminosa Gomorra porteña. La miraron y se sentaron detrás, pero en poco tiempo el más lindo de ellos se acercó sonriente con un café. La bella y sobria apostura viril del joven universitario, los postergados deseos de ella, la soledad y el cuasi desamparo en el que se hallaban en un micro surcando la Mesopotamia hicieron rápidamente un contexto de impunidad en el que sus labios se entrelazaron en un beso profundo, incluido excursión de lenguas. Helga comenzó a acariciar el miembro del rubio doncel y rápidamente lo extrajo de su cubículo para sorberlo golosa. Literalmente, lo volvió loco. Cada vez que él iba a acabar dejaba de chupársela por un rato, casi para contenerlo. Mientras degustaba, lo miraba y el salvaje estremecimiento que sentía la deseosa señora parecíale similar a un orgasmo. Finalmente el llenó la boca de la misionera con un néctar pastoso que la llevó a relamerse con la lengua; al tiempo que lo observaba con sumisa gratitud. No pasó demasiado tiempo para que el miembro (re)comenzara a levar. Entonces se paró, se saco la tanga (estaba con una minifalda de jean) y se sentó sobre el sorongo anhelante que la recibió con la sabrosa consistencia característica de sus mejores rigores. La misionera se agitaba hacia arriba y hacia abajo, gemía, disfrutaba, al tiempo que observaba provocadora al otro pasajero contemplando la escena entre azorado y deseoso de contar con una participación suya, por mínima que fuese. Luego de un buen rato, su penetrador acabó con un alarido que parecía provenir del centro de la tierra. Helga no recuerda si el afortunado viandante se durmió, pero lo cierto es que se levantó para proseguir la sabrosa faena con el otro muchacho que la esperaba con una mirada que oscilaba desde el éxtasis a la estupidez, expresión bizca intermedia incluida. Con ademán decidido, rayano en lo autoritario, hurgó en la complaciente bragueta en búsqueda de la verga y comprobó que la tenía más grande que el primer afortunado. Pero repentinamente despertó y tomó conciencia que tanto placer no había trascendido de una fantasía más, propia de su tan especial como fértil y colorido mundo onírico.

Desde entonces, cada vez que veía paneles televisivos acerca de la sexualidad (femenina) y oía extrañas discusiones acerca de si la mejor vía para acceder al dichoso instante era vaginal o clitoriana- pese a que la joven lo ignoraba, existía un extraño pensador que vinculaba cada una de estas puertas al cielo con la orientación política de la abandera de los humildes (Eva Duarte), personaje fascinante para ella- sentía deseos de saltar a la pantalla para gritarles a esos expertos que los mejores clímax son los que se logran en sueños. Imaginó un ensayo titulado: Orgasmo femenino: del clítoris a la concha. De allí a los sueños dichosos. Pero desistió, tanto por la longitud del pomposo nombre como por reconocimiento a su escasa aptitud teórica para semejante tarea

Su dormir se volvió una aventura placentera en la que era penetrada por hombres de todas las edades, expertos en las artes del kama-Sutra; más allá de las naturales divergencias existentes entre ellos por el color de la piel o los cabellos y ojos. La besaban largamente, sobándole el sexo con parsimonioso y lento deleite para luego hundir en ella vergas de diverso tamaño y espesor. Se hizo adicta a un sueño que la acometía por las siestas, a las que no había sido afecta en la niñez; pero que por razones comprensibles adoptó desde los sucesos que estamos refiriendo. En caso de haber sido paciente de terapia, tal vez fuese necesario que trabajase la contradicción existente entre tanto placer dormida y vigilias tan poco gozosas. Pero en el hospital pueblerino no había psicólogo y el único profesional en las artes de Sigmund y Lacán que visitaba sus pagos proveniente de Posadas era un lujo sólo accesible para muy contados de los habitantes de la simpática aldea.

Decíamos que el favorito de sus sueños solía presentársele durante las siestas. Un rubio de largos rizos y un negro con rastras jamaiquinas- ambos muy bien dotados- le realizaban los juegos que en algunos barrios porteños denomínanse *"coger en stereofonía"*. Pese a tan fogosos dormires, tal vez hubiera cambiado todos sus sueños por ser bien cogida despierta, aunque sea una sola vez. Suspiraba por el maestro de su hijo mayor, un treintiañero casado, rubio, alto y bien parecido, pero jamás se le insinuaría a un educador ligado de tal modo a su familia.

Un día llegó al pueblo un viajante más que bien parecido. De apenas dos décadas de vida, era muy alto, robusto, moreno y de grandes ojos verdes. Una tarde, a la hora del almuerzo esperaba su pitanza frente a la plaza cuando quedó embelezado al paso de Helga. Ella en una segunda pasada reparó en su apostura, que no le resultó indiferente. Al anochecer se volvieron a cruzar en la botica, donde el vendía y la joven mamá había concurrido en procura de unos antibióticos pediátricos. Se observaron largamente; con mirada lánguida y profunda, de evidente preanuncio para un terremoto sabroso.

Paniagua estaba más rutinario y demandante que siempre; de modo que los chicos y sus sueños eran el único consuelo en su soledad primordial. Cuantas veces podía, solía garabateaba algunos apuntes en un diario íntimo que siempre llevaba consigo. El formato- que incluía una llave- resultaba adecuado para el contenido de poemas,

20

esbozos de cuentos, impresiones y aforismos que ella deseaba preservar de miradas tan incomprensivas como indiscretas.

Al otro día del choque de miradas en la botica, Helga fue al fin abordada por Carlos. Sabiendo él su estado civil, fue harto económico en el uso de la palabra. La citó en un parador de las afueras y partió hacia allí sin esperar respuesta. No estaba acostumbrado a ser rechazado por pueblerinas y tampoco ocurrió en la ocasión. Los sucesos tuvieron, en rigor, un desenlace inusual y curioso.

Alquiló un auto para la ocasión y la esperaba saboreando una cerveza. Ella rehusó el beso en el modesto establecimiento, pero aceptó de buen modo partir con rumbo previsible. Fueron a un hotel de pasajeros en una villa vecina. En la intimidad se besaron largamente. Helga le arrancó la ropa con ademán salvaje, originado más en sus deseos postergados que en una agresividad que le era extraña. Ya desnudos, le lamía el miembro con deleite, al tiempo que relojeaba el goce masculino. Carlos estaba sentado en un sillón, ella a sus pies, sumisa. Se cansó del rol subordinado y procedió a sentarse sobre el muchacho para introducirse el pene. Y fue así que cayó profundamente dormida sobre el cuerpo del asombrado mancebo, que no podía creer que su fogosa coequiper se hubiera transformado en esa mujer que- jadeando en sueños- parecía no poder acceder más que a orgasmos oníricos.

21

Erotismo marino

(al anochecer)

Pasadas levemente las 19 horas terminó de preparar el bolso matero y se fue a disfrutar la caída del sol en la playa. Quedaba muy poca gente y a medida que el sol se despedía, el celeste del cielo se oscurecía lentamente y el lugar se reducía en un acogedor y tibio vacío. Ni siquiera había pescadores importunando con sus cañas y redes.

Puso su sillón plegable cerca de la orilla y se sirvió el primero del termo. Lo saboreó lentamente mientras levantaba la vista. El conjunto del azul oscuro del cielo, los tonos degradee del océano y el cono de luz que bajaba recortándose desde lo alto ostentaba una belleza entre dulce y agresiva, que superaba la paleta más imaginativa del plástico mejor inspirado. Por un momento pensó que le hubiera gustado ser uno de ellos y pasar a la posteridad retratando esa porción privilegiada del mundo natural. Naturaleza salvaje se podría llamar el cuadro que hubiera realizado. Por detrás, la ciudad balnearia se preparaba para la cena, para la tarea de dormir a los chicos, para encuentros furtivos, nocturnos, sugerentes. La brisa muy suave era una caricia conformando un todo con los mates que uno a uno iba acompañando sus pensamientos.

Levantó una vez más la vista hacia la alucinante luz selenita y entonces la vio. Parecía haber emergido desde el mar y caminaba hacia él, desde el mismo sitio en que los rayos se fusionaban con el oceáno. Se sentó a sus pies y le pidió un mate con un gesto. Lo único mojado era su pelo largo y rubio. Su piel, en cambio, estaba seca y su cuerpo sin arena adherida en toda la barroca superficie.

Sorbió el mate con el ademán de una hechicera sapiente, casi con estudiada tranquilidad. Lo miró y se desabrochó el miembro superior de la bikini, dejando expuestos dos magníficos pectorales. El hombre, sorprendido balbuceó una pregunta tirando a tonta, del tipo *"siempre venís a esta playa al anochecer"*, versión cuasi posmoderna del estudiás o trabajás. Mientras se servia un mate, lo invadió una extraña excitación, mucho mas inquietante por estar viviendo algo que sabía a desconocido..

Pasó un segundo o tal vez transcurrieron mil años y ella con suave energía le quitó el short. Le tomó el miembro con la suficiente confianza que brinda la permanente frecuentación y en el mismo acto se lo empezó a sobar amorosamente.

El sonido del mar, regular y sereno, parecía arrullar los jadeos de ambos. El hombre acariciaba ambos senos con deleite, yendo desde la base y al llegar a los pezones comprimía cada vez más fuerte. La mujer se estremecía con estertores que a él parecíanle orgasmos, casi a cada instante. Al fin, dejó brotar su líquido pastoso y caliente en la cavidad bucal de ella que tragó con evidente deleite. Al instante, la garbosa mujer se desvaneció. El volvió al mismo sitio todas los crepúsculos del veraneo; pero debió conformarse con sobar el mate en solitario.

La sesión

23

¿Cómo está doctor? ¡Que acogedor es este consultorio! Hoy la sesión va a ser densa, le voy a contar como cambió mi personalidad. Ese día fue el comienzo de una nueva etapa en mi vida, particularmente en el aspecto sexual. Desde que ocurrió lo que le relataré hoy, mi temperamento cambió y todo mi ser se disoció. A simple vista, parezco una señora respetable, cuidadosa de las formas, de las reglas sociales formalmente estatuidas y de la honra de su marido. Pero cuando tengo la oportunidad, me transformo y soy una yegua insaciable. Amo que me monten y que me hagan vibrar y acabar repetidas veces y para esto, necesito más de un hombre por vez, siempre. Uno solo no me alcanza.

Lo que yo llamo mi iniciación- que de eso se trata- fue hace casi un bienio. Iniciación no es cuando perdí la virginidad. De eso hablo otro día. Es cuando aprendí a gozar.

Ya llevaba más de diez años de casada. La vida era rutinaria y monótona. Laburar en la oficina toda la semana, la casa todos los días y un poco de sexo una vez por mes. Mi esposo es viajante y permanece muy poco en casa, aproximadamente cuatro días cada treinta. Y además, no es el hombre más apasionado del universo. Cuando llegaba, durante dos días tardaba en reponerse del agotamiento de la gira, el tercero podíamos hacer algo y el cuarto se preparaba para la nueva campaña. Ahora no me preocupo más por esto, pero en su momento sufría enormemente por causa de esta triste vida erótica, de algún modo hay que llamarla ¿No?. Es que yo me casé enamorada. Pero luego de una década de vida color gris rutina, realmente necesitaba emociones fuertes. Miro para atrás y a mi misma me cuesta reconocerme; aunque en realidad, no sé si lo digo por la que fui antes o por la que soy ahora. Realmente, no me imaginé que las cosas cambiarían tanto yendo a esa fiesta. Pero ese día descubrí mi verdadera cuerda sensual y amatoria.

Doctor ¿Sabe que hoy está mas atractivo que de costumbre? No sé, será el bronceado, como le combina con el traje claro o el modo en que se recortó la barba. Se lo ve muy elegante. La corbata es de muy buen gusto. Era mediados de diciembre y mi esposo- fiel a su costumbre- estaba de viaje. No tenía

24

—

previsto volver hasta el día 30, para el inicio del nuevo siglo, comienzo de un nuevo milenio de aburrimiento en la cama.

La cosa es que mi jefe me invitó a una reunión en su casa, para festejar la inminente llegada del nuevo año. Primero, pensé en no ir, habida cuenta que estaba sola. Pero después me di cuenta de lo bueno que sería aceptar y divertirme aunque sea un poco.

Me puse para la ocasión un vestidito corto y transparente de color negro que yo sabía que me quedaba muy sexy. Nada muy distinto a lo que usaba en el trabajo al que habitualmente concurría con minis o pantalones ajustados y traslúcidos. De modo que no me parecía que estuviese mal ni demasiado provocador. Cuando entré, un pendejo que estaba en la fiesta se quedó embobado mirándome la tanguita: me dieron ganas de decirle que no se la podía dar porque era la única que tenía. Los muy chiquitos no me atrajeron nunca, ni cuando yo era como ellos. No hay como la experiencia bien llevada, doctor. Aunque mi esposo tiene mi edad, mi fantasía fue siempre un hombre maduro y canoso, preferiblemente con barba y anteojos, como usted.

Fui con una amiga soltera en su coche, la casa quedaba en la zona norte, en las Lomas de San Isidro. No estuvimos ni una hora y ella ya se había enganchado con un contertulio y partió con rumbo desconocido, pero imaginable. Pero yo ni me preocupé, mi atención estaba puesta en la danza y en apagar con deliciosos elixires que prestamente me acercaban los invitados, la sed que el movimiento me provocaba. La música era desenfrenada o lenta, pero siempre muy sensual. Los hombres hacían círculos para verme bailar y se turnaban para ser mi pareja.

En cuanto llegué, todos me halagaron largamente lo atractiva que estaba. En especial, uno de los más entusiastas en estos elogios- algunos muy descarados- era mi jefe. La profundidad con que me miraba y el énfasis con que hablaba de mis encantos, hizo despertar un deseo que tal vez dormía desde hacía tiempo en mi ser. Por de pronto, yo sentía un calor en todo el cuerpo. Alberto, mi jefe, era un tipo de cincuenta y cinco años, casado, con cuatro hijos, que tenía su familia de veraneo en Punta del Este.

No era muy buen mozo, pero si bastante elegante. Yo siempre sentí que él en el trabajo, me miraba en forma especial, como queriendo entrar en mi mente y en mis deseos. Parecía que esta estrategia le resultaba exitosa porque cada minuto que pasaba me sentía más atraída por su persona. Después de un rato, yo sólo quería bailar con él. Mientras bailábamos, tomamos bastante, yo me sentía muy bien, muy suelta, me divertía mucho, y percibía la excitación de Alberto, la pétrea rigidez de su miembro- al que ya imaginaba magnífico- cada vez que me apretaba. Este juego excitante- que él sabía manejar muy bien- lentamente me hacía perder la cabeza. Ya me estaba desesperando por estar a solas con él y esa cosa dura. Además, era consciente que concentraba en mi persona la atención de muchos de los hombres presentes, todos querían bailar conmigo, y algunos lo habían hecho antes manoseándome sin pudor. Yo les ponía límites porque en primer lugar me interesaba Alberto. Él aceptaba mis coqueteos y alardeaba de tener mi exclusividad. ¿Usted sabe doctor que se parece bastante a mi jefe?

En un momento me acerqué y le pregunté mimosa porqué no echaba a los restantes invitados. Él me sonrió y no me dijo nada. La cosa es que yo estaba sentada en un sillón, esperando que el ultimo se fuera cuando se acercó Alberto con una botella de champagne francés y me dijo:

"Quiero tomar este champú como catarata en tu cuerpo". Yo mareada no entendí lo que me quiso decir. Pero con gran delicadeza me levantó y me quitó el vestido, el corpiño y la tanguita. Me dio una copa con la bebida mientras me decía que le gustaba mi carita, mi cuerpo, mi modo de bailar. Que estaba loco por coger conmigo. Se sacó la ropa y quedó al desnudo un miembro de proporciones significativamente idénticas a como yo lo imaginaba: grande, grueso y en su máximo esplendor. Cuatro invitados-

después supe que todos los que quedaban eran varones- hicieron una ronda y nos miraban embelesados. Yo jadeaba y le miraba la poronga diciéndole sin palabras: cogeme.

Él- muy tranquilo- me sugirió ponerme la botella en la cabeza y dejar caer su contenido. Yo no era consciente que estaba descontrolada y que podía tener relaciones con todos los hombres que allí estaban. Me sentía en las nubes y él- cuando le hice caso- comenzó a beber el erótico espumante por todo mi cuerpo y se detuvo particularmente en mi vagina. Simultáneamente tomaba y me chupaba provocándome un placer cercano al éxtasis. Nunca me habían practicado sexo oral así, sentía la lengua que se introducía profundamente o sus labios se entretenían apretándome suavemente el clítoris y estas sensaciones eran potenciadas por las burbujas del champagne. No pasó mucho rato en estas acciones cuando acabé después de un alarido muy potente acompañado de un estremecimiento en todo el cuerpo. Inmediatamente, mi maravilloso jefe me introdujo dos dedos adentro de mi conchita, ya muy mojada. Despacito me fue metiendo la mano integra hasta cerrar el puño. Con la mano así cerrada me hizo los movimientos necesarios para provocar un segundo orgasmo. Él no paraba de chupar todo mi cuerpo. Particularmente me besaba y me mordía suavemente los pechos. Por fin, me penetró. Entonces, mientras me introducía con firme empuje su enorme verga, otro invitado acercó la suya a mi boca y me la ofreció sin palabras. Yo chupaba extasiada y sentía dentro de mí el vendaval de varios orgasmos simultáneos. Pero tenía la boca demasiado ocupada como para poder gritar mi placer, tal como era mi deseo. Un rato después de acabar él mismo, Alberto se sentó en otro sillón y me pidió que le chupara la pija, nuevamente en su máxima extensión. No lo dude un instante y se la agarre y me la metí en la boca. Era deliciosa por lo grande y sobre todo por lo gruesa. Mientras yo me entretenía con esta actividad, otro de los presentes me acomodó en posición de cuatro patas y me penetró. Era un amigo de mi jefe que había conocido en la fiesta. Ellos me dijeron que siguiera porqué me iban a cojer toda y entre todos. Yo, entusiasmada y esperanzada, acepté la sugerencia y seguí chupando y recibiendo porongas casi sin parar. No me defraudaron. Después que los tres acabamos, me llevaron a una habitación y me acosté en la cama, trajeron champagne, tomé mas y también me tiraron sobre el cuerpo mientras lo chupaban. Creo que me cogieron los cinco que quedaban con enorme placer para todos.

Ahí estaba yo, una mujercita casada tirada en una cama con las piernas abiertas junto con cinco tipos, casi perfectos desconocidos. Cerca de las diez de la mañana, organizamos un torneo: yo les chupaba las vergas de a uno por vez a ver quien acababa más rápido. Pero estábamos tan borrachos que nadie pudo fiscalizar el evento. Cuando se lo hice a mi jefe, sentí su leche en mi boca. Nunca la había tragado, pero en ese momento estaba tan caliente que trague y disfrute plenamente ese tibio líquido, así como antes había gozado como sus amigos me bañaban toda con los suyos. No recuerdo las caras de ellos, pero para mí eran todos Alberto, que es casi como decir usted doctor.

No fue muy largo el sueño. Como a las dos de la tarde, me despertó el batifondo de dos de los tipos que estaban cogiendo en el suelo de la habitación. Después de acabar, uno de ellos, el pasivo, se quedó dormido. El otro, me abrió las piernas y me empezó a besar suavemente. Así prosiguió más de media hora provocándome tres orgasmos. Después se colocó dentro mío y me cogió de manera que no puede definirse como suave. Me dio con todo, sentía su pija entrar a fondo y me encantaba, nunca había estado tan caliente, me llenó toda con su leche tibia, realmente valía la pena haber ido a la fiestita. Después mi jefe me sirvió un desayuno. Estaba impactante con una bata de seda y el maravilloso bulto que preanunciaba lo que vendría a continuación. Después de alimentarnos, con mucho respeto me dijo que quería probar mi colita, que siempre se había ratoneado en la oficina con hacérmela. Yo le dije que me hiciera conmigo lo que quisiera. Me tomó de la mano y me condujo a otra habitación en la que había un sillón curvo. Yo, antes de acostarme en el erótico mueble, le unté el pene con una crema y el me lubricó con la misma el ano. Puso música suave y sensual: el viejo compact de Piazzolla con Mulligan. Antes de ese momento, sólo una sola vez me habían penetrado por atrás. Fue mi marido con su habitual mezcla de ansiedad y torpeza y- a decir verdad- no lo había podido disfrutar en lo más mínimo Pero Alberto fue mucho más seductor y por ende, distinto. Además, yo esta vez estaba dispuesta, sentía que acabar mientras me cogían por la cola era una asignatura pendiente en mi vida sexual. Con gran delicadeza me colocó en posición. A continuación me fue horadando con la lengua. El saxo de Mulligan fraseaba una lánguida melodía nostálgica, que a mí se me antojaba erótica. Enseguida, me puso un dedo y rápidamente otro. Yo ardía de desesperación por recibir el premio mayor. Se lo dije entre suspiros, gemidos y grititos. En una palabra, se lo exigí con desesperación. El bandoneón de Piazzolla hacía armonía con mis jadeos. Por fin, comencé a sentir- como una bendición- golpe a golpe como entraba su pija enorme en mi colita; lentamente el instrumento de viento tomó fuerza para semejar el prodigioso miembro que haría arrebatarme de placer, sin perder para nada la suavidad que distinguía a Alberto. Me dolía mucho, pero también me encantaba. Estaba viviendo instantes de calentura y placer que no me olvidaría mientras viviera. La música tomo una velocidad arrolladora, aparentando ser una orquesta que interpretaba un concierto en el que nuestros jadeos hacían las veces de instrumentos solistas.

Esta relación parecía que no se terminaba más. Casi una hora estuvo dándome el dulce castigo que mi cola pedía y creía merecer. En ese lapso, la compactera repetía una y otra vez las composiciones de Piazzolla. Por momentos, me la sacaba y enseguida me la volvía a poner. Otros, parecía cansarse, pero cuando el miembro se ablandaba un poco, repentinamente cobraba vigor nuevamente y retornaba a introducírmelo hasta el fondo. Mientras los dos gozábamos sin parar, él me decía que era una diosa divina, y que me iba a coger cuantas veces yo quisiera, que para siempre yo iba a ser su preferida, una auténtica putita, para complacer tanto a su persona como a sus amigos fiesteros.

Yo lo escuchaba y el hecho que me tratara con una mezcla de caballerosidad y salvajismo tan personal como compatible una con la otra, hizo que me calentara más todavía. Por fin, sentí el estremecimiento anticipatorio del clímax que llegó enceguecièndome de placer. Pero él siguió dándome y me hizo acabar dos veces más. Después vinieron sus amigos y siguieron con su dulce tarea.

En definitiva, me cogieron entre los cinco tipos todas las veces que quisieron y por todos lados, no perdonaron ningún rincón de mi cuerpo y todo fue recorrido por sus bocas y sus pijas. Así pasó todo el segundo día de la fiesta inolvidable. Pero, lamentablemente, yo debía regresar a mi sacrosanto hogar. La fiesta era inolvidable pero no eterna.

Por de pronto, me despertaba entre dos tipos, desnuda en la cama, recojida y al pensarlo en vez de arrepentirme me excite de nuevo un montón y me los cojí y chupe la pija a los dos, Seguimos un buen rato hasta que se hicieron las doce de la noche. Me llevó Alberto y yo le rogué que subiera, ya que mi marido no estaba. Él adujo que no tenía más fuerzas y se despidió de mí con una palmada en mis tetas y otra en la cola.

Cuando llegue a casa me puse a analizar lo que había ocurrido, sabia que me había portado de modo impropio para una señora, pero al recordarlo no podía menos que sentir nostalgia no exenta de excitación. De ningún modo remordimientos.

En los meses que pasaron no faltó oportunidad para que me encontrara con mi jefe y algunos amigos de él- por lo general maduros y casados- y gozar mientras ellos me hacían de todo, en un departamentito que Alberto tenía para estas ocasiones.

Pero después de un sábado inolvidable que pasamos allí, me llevó en su coche a casa y se fue a buscar a su familia. No pudo llegar, el corazón le jugo una mala pasada cuando esperaba el cambio de luces en una esquina. Así se fue de este mundo de lágrimas, con la íntima satisfacción del deber cumplido. En la sala velatorio, justo cuando estaba junto a su cajón abierto de par en par, me lo imaginé a él mismo riéndose de su propia muerte. Como si el infarto le hubiera dado en acción. *"Murió como un pajarito o por el pajarito"*, diría muerto de risa. No me tenté, sino la viuda me cagaba a bastonazos seguramente.

Pero yo que ya no lo tengo conmigo- o dentro mío- no puedo olvidar todo lo que aprendí con él. Ahora me gusta sentirme sexy, codiciada por los hombres y provocarlos. Adoro que me digan cosas por la calle, cuanto más zarpadas mejor. También me encanta que me manoseen y me apoyen en el colectivo, especialmente cuando subo con minis cortitas. Además, si cuando los provoco siento que acaban, me hace más feliz todavía. No me interesa distinguir si son pendejitos calientes, viejos verdes, circunspectos ejecutivos de bancos o simples laburantes. Me encanta excitarlos y sentirme deseada por todos.

Pero para que mi placer sea completo, cuando quiero gozar realmente tengo que coger con varios tipos. El número exacto de la perfección es siete, como los pecados capitales y cabalístico si se quiere. Ahora mismo no sé si esto lo viví o es un sueño o una fantasía. Cuando me coge un septeto todos tiene la cara de Alberto, que es la suya doctor.

Pero- como decía mi abuelita- ya no hay hombres, no es fácil conseguir una tropa fuerte y rendidora para una fiestita. La otra vez fui con un par que se autodenominaba el dúo dinámico y no me va a poder creer doctor. En cuatro horas ¡No se le paró a ninguno de los dos!

Otra cosa que me encanta es complicar a la gente común. Desde hace un tiempo lo estoy provocando a mi cuñado, lo miro, le hago mohines, le tiro besitos. Yo sé que lo dejo recaliente, me doy cuenta, y sé que en cualquier momento no va a soportar más y me la va   a   meter,   me   va   a   coger toda, lo voy a tener encima apretándome y besándome mi concha, poniéndome la pija en mi culo y en mi boca. De sólo pensarlo casi acabo, me encanta este pariente, con sus ojos celestes, sus bucles rubios y ese lomo de gimnasta que exhibe. Ojalá sea en situación de extremo riesgo, que nos descubran, algún domingo familiar, entre ravioles y peleas de los niños. Que me tome por asalto y me recoja. No me importa la mujer de él, tan hacendosa, con esa carita de mosquita muerta y tan pendiente constantemente de los mocosos.

Doctor, este hermoso diván. ¿Sólo se puede usar para las sesiones?

Los ensueños de
Minina Swinger

Los jóvenes quieren ser fieles y no pueden.
Los ancianos quieren ser infieles y tampoco pueden.
Oscar Wilde. Escritor Ingles

Sofía Marcela. Así se llama. Sofía Marcela Berensteín, carita pecosa de niña ingenua y angelical, cuerpo de cortesana versalleza, aunque en realidad había nacido en Villa Crespo, barrio metafísicamente tanguero en los comienzos del siglo XX, mas invadido poco después por una fauna humana proveniente de Rusia y Polonia que le cambió la fisonomía cultural al distrito; con el olor a guefillte fisch y la sonoridad del oi, oi, oi.

Su único defecto físico era el gancho nasal que denunciaba su parentesco étnico con los sabios de Sión. En la mitad de su quinta década, conservaba el cabello negro sin tintura ninguna, pero lo que natura non daba, en la peluquería se conseguía bajo la forma de simpáticos rulos cayendo en sensual catarata sobre sus senos. Claro que sólo cuando se echaba las lanas hacia adelante, en estudiado ademán, caían sobre la bella inmensidad de sus pechos. El blanco de su piel, el negro del cabello y el rojo de los pezones configuraban una combinación cromática que estallaba en promesa de sonidos placenteros: una verdadera sinfonía a la sensualidad hubiera compuesto Ludwig Van Beethoven, en caso de haberla conocido. Más aún si el genio de Bonn la pudiere observar en sus infatigables desempeños amatorios.

Le gustaba llamarse Sofía para su amante, el marquez, escritor, psicoanalista y refinado sibarita del sexo. Lo conoció como paciente, mas al poco tiempo, las sesiones pasaron del consultorio a un hermoso y discreto hotel en la zona de Floresta. El profesional quería indagar en los secretos de esa personalidad que la arrastraba a amar a su marido y desear otros hombres: sus diversos amantes. No pudo ser, la terapia claro. De todos modos, acostarse con él le agradaba tanto como las charlas en las que la seducía incansablemente hablándole de temas intrincados como la filosofía, los extraños laberintos del alma femenina, las cuestiones sociales, los retraídos rincones del psicoanálisis y otros temas más terrenos. En la semi penumbra de la confitería, con el ajado rostro iluminado por su pipa, su vos ronca recorría desde temas infinitamente complejos hasta los más prosaicos, con un toque decididamente personal. Su figura era tan excitante en el consultorio, en el bar o desnudo en el cuarto de sus encuentros. Allí, la mujer amaba acariciar los cabellos canosos desordenados luego del fragor de la batalla. Las cinco décadas y algo más no le habían quitado la potencia de su tiempo juvenil, pero los años le habían dado una sapiencia que la dama apreciaba como nadie. Además, ella tenía los artilugios para despertar su excitación una y otra vez y conducirlos al éxtasis degustadamente compartido.

Le encantaba usar su segundo nombre, Marcela, con su otro amante, dos décadas menor que ella. Mario era un simple camionero (se desempeñaba en una empresa de recolección de residuos), de modales educados y hasta sumisos, pero marcadamente tosco. Tal vez su rusticidad era uno de los secretos para el atractivo que ejercía sobre la mujer. El otro, su figura. Rubio, alto, bello como pocos, la visión imaginaria de ese cuerpo desnudo la hacía arder de calentura. Las labores en el camión desempeñadas desde la más tierna infancia habían sido el gimnasio demiúrgico de semejante musculatura. A ella la obsesionaba también, el recuerdo de una herramienta como no había visto en su vida. Pero el trabajador del volante carecía de calidad existencial y personal para sacarle el jugo adecuado. La penetraba bestialmente y en un abrir y cerrar de ojos, el muchacho terminaba, casi antes de empezar. Lo compensaba con que antes de reponerse mínimamente, el miembro se ponía rígido otra vez y vuelta a empezar.

30

Luego del primer polvo o relación, ya no duraba un suspiro. Dos o tres. Pero tenía un modo tan apasionado de poseerla, que a ella le encantaba y no podía prescindir de esas manos que se apoderaban golosamente de sus nalgas, mientras el driver se balanceaba dentro de su cuerpo. Lo había visto un día pasar, mientras Marcela charlaba en una mesa callejera de bar con una amiga. Él volvió un rato más tarde y le guiñó un ojo. Irene, comprensiva, se fue. A la tercera pasada, lo invitó a compartir la mesa y se intercambiaron celulares para volver a verse la semana siguiente. Pero no pudo soportar tanta espera y al otro día lo llamó. No pasó más que un rato y ya estaban en un hotel.

Como acariciándose, recorrió en su mente tantos momentos de placer, mientras observaba su figura (objeto del deseo para varios amigos de su esposo) casi sin ropas. Se preparaba para engalanarse e ir a una sesión especialísima. Era inevitable resignarse a su naturaleza sensual: era así desde que descubrió el sexo hacía tres décadas con un profesor del secundario, ciertamente cuatro décadas mayor. No era un secreto para si misma que cuando de coger se trataba, perdía los límites de la razón, el decoro y la compostura que las costumbres acartonadas endilgan a las señoras de su casa.

Un vestido ajustado, negro y transparente completaba el atuendo. En un rato, Sofía, para uno. Marcela, para otro, sería Minina Swinger para ambos. No le costó nada convencer al marquez, siempre ávido de nuevas y seductoras experiencias, para que satisficiera sus fantasías. Mario, directamente carecía del hábito de pensar, más que en su rutina laboral, en los deplorables programas televisivos que lo hacían reír o en sexo. Con tal de tenerla desnuda frente a él, hubiera aceptado compartir la sesión con una legión de beduinos o un grupo de presidiarios recién huidos del penal. Quién desconocía completamente sus propósitos era su marido, roncando plácidamente una siesta, casi a su lado. No podía comprenderse a sí misma, amando a Alberto y deseando a otros hombres. Para entenderlo(se) había comenzado a frecuentar el consultorio de su amante mayor. Una tarde, en plena sesión, ella reclinada en el sofá, notó la mirada del psicoanalista abstraída, poco profesional. Le preguntó que le pasaba. La contestación de él a su interrogante careció de palabras. Por toda respuesta, el terapeuta se abrió la braguetra y dejo ver un miembro convencional, pero en su mejor momento. Le ordenó que se la chupara y Sofía accedió gustosa al imperativo categórico.

De tal modo, la terapia no avanzaba, salvo por el hecho que Sofía confirmaba, una vez más, que realizar felatios era uno de los motivos que constituían su utilidad y razón de ser en este mundo. No existía manjar más sabroso que una buena poronga y el jugo que solía derramar si era bien acicateada por su boca golosa y experta.

Una mañana había concurrido a un hotel de constitución con Mario. Su marido, como de costumbre, trabajaba. La escenografía berreta, el espejo en el techo, las luces rojas, los sonidos que se filtraban por las delgadas paredes, las prostitutas en la entrada configuraban un escenario a la vez kitch y excitante, con un cierto toque Taif posmoderno. Su amante ya había concluido tres veces, cuando volvió a la carga. Le ordenó ponerse de pie (¿Tocarán el himno?, se preguntó Marcela para sí misma) y la arrinconó contra las puertas de la habitación. Él la apretaba con toda la fuerza de su cuerpo, pero principalmente con la poronga sobre el ultrasensible sexo de la dama, pero sin entrar. Comenzó a balancearse con placentera violencia. Los gemidos de ella no se diferenciaban de alaridos y resultaban un perfecto concierto con el ruido a madera percudida de la puerta. Antes de ser penetrada tuvo dos orgasmos. Otro más con Mario adentro. Luego siguió tan excitada que inmediatamente se arrodillo y comenzó a mamar del fláccido miembro. Luego de un rato brevísimo, empezó a endurecerse, mientras crecían los gemidos de placer del camionero. La piba de Villa Crespo hubiera querido acompañar los sonidos, pero su boca estaba ocupada. El acabo con un alarido y Marcela, ya incontenible, comenzó a sobarle el ano. Un rato prolongado de besos negros

31

lograron que tuviera una nueva erección. La cogió acostados ambos en el suelo, en ese caso y contra su costumbre, con inmensa y lenta suavidad. Decididamente, no podía prescindir de ninguno de sus dos amantes. Extrañamente, tampoco de su marido, al que amaba con locura.

Mirándose frente al espejo, se colocó la tanga negra de encaje que al marquez le excitaba tanto. La misma que él ni siquiera le quitó del todo una tarde de verano, cuando la penetró analmente por vez primera. Se miró al espejo y el recuerdo de aquella tarde le hizo sonreírse a si misma. Él- como de costumbre- tenía puesto el slip negro de seda que resaltaba su erección. Le ordenó tan firme como suavemente que se colocase de rodillas en el sofá y dándole la espalda. La abrazo con la toda ternura de la que era capaz y puso la mano izquierda en su vagina. Lentamente comenzó a introducir uno, dos, tres dedos. Al ratito, era todo la mano.

Mario era bastante limitado. No quería realizarle sexo oral, pero le encantaba recibirlo. Ella no se hacía rogar. Lentamente sorbía del enorme miembro ante los aullidos de placer del dueño. La primera vez que se la chupó, el lealmente quiso avisarle que acababa. Marcela bebió el pastoso brebaje una y otra vez, en todas las ocasiones que se encontraban en hoteles baratos. Le encantaba mamársela mientras le introducía a él un dedo en el ano. Generalmente, correspondía a la segunda relación y ella se arrodillaba y no paraba hasta que los gritos de Mario anunciaban la ingesta.

El marquez le corrió la tanga y le puso suavemente una gran cantidad de vaselina en la graciosa cavidad encerrada entre las dos nalgas barrocas. Luego, con serenidad casi ceremoniosa, se untó la poronga con el noble lubricante. Sofía sabía lo que se avecinaba y no por conocido le resultó menos placentero. Luego de jugar un poquito, guiado por su otra mano, se metió suavemente, pero sin que faltase decisión. Ella sentía un placentero fuego, no sólo en el territorio corporal involucrado, por cierto; todo su ser ardía al compás de esa pija que entraba y salía acompasadamente de su culito deseoso. Ambos gemían ruidosamente, en el hotel estaban acostumbrados a esas particulares sinfonías. Luego de largo rato, Sofía sintió un clímax desconocido. No supo si fue un orgasmo clitoreano, anal o vaginal. No lo supo hasta que él le explicó que era nada más que la bienvenida al mundo de la multiorgasmia. Presuntuosa resultó la vanidad del profesional: pretender que la dama accediera con él a lo que ya conocía ha tiempo.

Entre polvo y polvo, Mario era extremadamente aburrido. Afortunadamente, los intervalos eran brevísimos. Un juego que ella gustaba practicar era subirse sobre su partenaire y apretar su miembro sobre su femineidad. En la cama o en un sofá, galopaba con su delicada mano aferrando sensualmente el pene de Mario. Invariablemente, brotaba de allí el líquido que anunciaba que en un rato volverían a empezar. El nunca pudo penetrarla por atrás. Invariablemente acababa antes, loco de placer por la cercanía del prieto agujerito que lo obsesionaba. Pero nunca se achicaba y lo volvía a intentar cada vez que se acostaban. De todos modos, era muy placentero sentir la leche calienta derramándose en el culo. Ella se hacía masajes por largo rato con el tibio liquido en sus nalgas, cuando él terminaba así.

Se miró al espejo ataviada únicamente por la tanga negra; Sofía Marcela ya era Minina S para su íntima convicción. El deseo y la excitación le hacían brillar la piel. Se tocó los pezones y se rozó el sexo, sintió una tensión desconocida que presagiaba momentos inolvidables. Hoy descubriría los placeres de la doble penetración; ser cogida por uno y chupársela al otro; sentirse apretada por esos dos machos que la excitaban tanto con sus miembros elevados a la máxima expresión. El anticipo de esas sensaciones la hizo sonreír y gemir, simultáneamente. No terminaba de entender si era el tamaño del pene de Mario, lo grandioso de la situación o un sueño portentoso que la había invadido.

Ensueños y tribulaciones de
Ulrico Bacchioto

Ulrico Bacchiotto había nacido de padres marcadamente feos. Para su desgracia, no pudo menos que heredar su traza. De hecho, ni siquiera en la más tierna niñez- cuando todos los párvulos algún encanto demuestran- pudo disimular su total consonancia con el rostro paterno.

En la escuela (sarmientina) de su barrio, donde aprendió palotes mixturados con rudimentos en aritmética, historia, geografía, gramática y retórica se destacó por su perseverante dedicación al estudio; inversamente proporcional al desapego que sentía por los juegos propios de sus condiscípulos. Ellos lo llamaban traga porqué aún no existía la voz inglesa **nerds** para designar a los de su especie. Lo peor ocurrió al finalizar quinto grado (antigua nomenclatura); al designar al encargado de llevar la bandera de ceremonias durante el período escolar 1956, el siguiente y final de su tránsito por las aulas que honraban al sanjuanino ilustre. Isaac Salomón Butzenstein, el hijo del peletero barrial fue- extrañamente- designado para portar la enseña patria, relegando a nuestro protagonista al secundario rol de escolta. No podía ser más contrastante la imagen. Los cabellos rubios de Isaquito, si bien férreamente aprisionados por biabas de gomina propinadas por la madre (**iddische mame** al fin), se destacaban ampliamente con relación a la cabellera Bacchiottista, para peor tocada por una poco elegante media americana; tan de moda por entonces, como poco garbosa y elegante. El abanderado parecía un vikingo y el escolta un rústico campesino siciliano temeroso de la mafia.

Pero los sucesos que marcaron su vocación y rumbo vital acaecieron en la escuela media. Durante la cursada de tercer año se metejoneó con una rubia de origen polaco, Irene Estelmenovich, de familia más católica que Escriva de Balaguer; pero a él se le antojó de raigambre mosaica. La joven era rubia, alta y emulaba pectoralmente hablando a una incipiente erotic-star, aunque suavemente naif de nuestra filmografía. Las nubes del alzheimer enturbian nuestra memoria y no recordamos el nombre de la diva, pero si que era apelada como una ex presidente del gran imperio de las pampas del sur. La escultural adolescente- costurera en un taller del barrio- desdeñó a nuestro galán quién en una decisión extrema optó por retirarse saeculo saeculorum de las lides amatorias: sería sacerdote. Desde ese momento odió la sonrisa femenina, símbolo para él de la perfidia, sólo porque una pebeta (a la que erróneamente supuso hebrea), ataviada para peor de modo absolutamente demodè con prendas de percal, rechazó sus galanteos exhibiendo una doble fila de dientes blanquísimos.

Durante los años de estudio para consagrarse sacerdote, sus ridículas obsesiones- que amalgamaban la condición femenina, el judaísmo y la sonrisa con la presencia históricamente acechante del maligno- no disminuyeron. En el seminario, donde se destacó en el estudio de los clásicos filosóficos paganos, siguieron fermentando en su ser los odios antedichos. Por cierto que se acrecentaron y allí, luego de un doloroso episodio, le agregó una nueva fijación.

Veamos los hechos. Cierta noche dormía placidamente cuando (se) despertó sobresaltado. Se lo estaban cogiendo. No alcanzó a ver al autor de la violación, pero le dejó una dolorosa reliquia de su paso. A la mañana concurrió a la oficina del rector para denunciar la violación. El superior lo miraba extrañado y luego de un rato llamó a su auxiliar. Interiorizado este de la situación, solicito reconstruir el hecho; dicho lo cual procedió a penetrar al azorado Ulrico de parado. El aprendiz de sacerdote sólo pudo musitar que la violación había ocurrido en la cama y estando el dicente boca abajo. Ni cortos ni perezosos los prelados lo acostaron y prosiguieron la reconstrucción del suceso a sus anchas. Algunos años después, el egregio filósofo de la nacionalidad, Raúl Tarufetti, en coloridas clases brindadas telefónicamente, refería un antiguo arcano ético, existencial y epistemológico: *la diferencia entre activo y pasivo es que pasivo duele mucho*, musitaba el pensador de marras. Ulrico lo sabía en carne propia, casi un cuarto de siglo antes de desarrollarse la cabalgata gnoseológica tarufettiana.

Inmediatamente de producido el percance el rector, abrochándose aún la sotana, le confió que lo vivido era una prueba a la que lo sometía el ser supremo y que lo ocurrido era un secreto entre los tres hombres y el creador. De tan cerrado círculo no podía trascender lo recién relatado y esta es, ni más ni menos, la primer referencia pública de sucesos tan dolorosos que merecieran haber perdurado en los anales de la sociedad argentina de proctología.

Ordenado sacerdote, sobrellevó durante varios lustros en sucesivas parroquias una rígida tensión interior: cierta inclinación que sentía por la belleza masculina, además de la fuerza libidinal que lo confinaba a noches de masturbación, en las cuales le hacia sexo oral interminable a la polaquita de su adolescencia. La contra cara eran sus sermones incendiarios, en los que dominicalmente apostrofaba contra la lujuria que- en su opinión-, se había apoderado de la tierra, constituyéndose en el factor genético de la corrupción del mundo contemporáneo. Durante una de sus estadías parroquiales estuvo cerca de sucumbir a la tentación del maligno durante las confesiones de una feligresa. Parece ser que la dama de marras (una mujer reputada por su piedad y virtudes cristianas en la comarca), amaba ser penetrada por diversos hombres y luego lo refería arrepentida en sacramento de confesión a Ulrico, con una riqueza expresiva que al sacerdote le tensaba todos sus juramentos. Cansado de las confesiones gomorreicas, adjuntó la pecadora a otro sacerdote, cuando le relató la ocasión en que fue penetrada por dos adolescentes amigos de su hijo. El piadoso lector no quiera imaginar lo ocurrido, pero a nuestra señora (la confesada) no se le borró jamás de su conciencia.

El nombramiento episcopal lo salvó de tamaños sufrimientos, pero lo sumergió en otros. La frecuentación de sacerdotes jóvenes y religiosas lo inquietaba sobremanera. Pero él se mantuvo fiel a la promesa de vida que había hecho al escoger la vocación de servir a dios. Sólo algun(os) desliz(es), cuyo numero por tan insignificante(s) no mencionaremos y por discreción no nos perderemos en lujos de detalle.

Se convirtió en un obispo caracterizado por una férrea defensa de la tradición. Desde el pulpito y desde los medios masivos denunciaba a prostitutas, lascivos, lesbianas (tortas), swingers, travestis, simples cogedores o putos como enemigos de la cristiandad. Fue frecuente comentarista de la vida cotidiana y conferencista en ámbitos católicos preconciliares. Precisamente, en una de ellas denominada *La putofobia como imperativo divino* ocurrieron los hechos que señalan el fin de este relato.

A los hechos. Ya estaba cerca del límite etario que obliga al recambio episcopal, por lo que su visión de largo alcance no superaba el medio metro.

El auditorio se fue llenando, sin prisa, pero sin pausa, de una fauna variopinta proveniente de un Congreso de sexología del desenfreno, que acababa (de sesionar) hacia minutos. Mariquitas, bufarrones, taxi boys, tortilleras, travestis ejerciendo el oficio de camioneros con las clásicas gorras del sindicato o simples juerguistas se acomodaron lentamente en el salón ad-hoc. Nunca se supo la verdad; es decir, si realmente fue casual la total ausencia de vigilancia o se trató de una maniobra adrede practicada en el florentino marco de la interna eclesiástica.

Lo cierto es que a poco de iniciada la charla, cuando el conferencista comenzaba a exaltar su verba, las tres primeras filas íntegra se desplazaron hacia el escritorio y- con elegancia y sin violencia- pusieron al azorado Bacchioto boca abajo sobre el escritorio, al tiempo que lo despojaban de sus hábitos. El organizador de la maniobra, un travesti robusto, con los cabellos hirsutos teñidos de color escarlata y de pronunciada nuez de

Adán exclamó con voz ronca: ***Te vamo a romper el horto, te vamo a***, mientras exhibía un palo de escoba escogido primorosamente para la ocasión.

Sin vacilar procedió a cumplir su promesa, al tiempo que Bacchioto despertaba sin saber a ciencia cierta si la sensación que recorría su cuerpo era placer o dolor.

Noticiero policial

Buenas noches. Comenzamos la habitual reseña de noticias de nuestra actividad para la emisión trasnoche noticias del canal 96.

La medianoche de la víspera, un móvil de la seccional 69 sorprendió a una camioneta detenida en una calle apartada, escasamente transitada y oscura de la ciudad, la Avenida 9 de Julio, en actitud sospechosa por cierto. Los efectivos procedieron a dar la voz de alto y los ocupantes del citado vehículo no respondieron. Cuando los agentes se acercaron armas en mano, pudieron comprobar que se trataba de un N.N. masculino que parecía estar bajo la acción de alguna sustancia alucinógena (por causa de la expresión extasiada que se notaba en su rostro) y de un femenino ligeramente agachado cerca del pantalón del anterior. Frente a la presencia de la ley, el hombre pareció recobrar su apostura. Los servidores del orden pretendieron labrar un acta de contravención al código de convivencia urbano; pero tal alternativa fue desechada a pedido del conductor del rodado y de divertidos vecinos, que rápidamente se apersonaron en el sitio. El infractor prometió no hacerlo nunca más (en un lugar público), la dama no aceptó ser fotografiada y los integrantes de la Policía Federal se retiraron dejando constancia del hecho y destacando que no habían recibido retribución pecuniaria alguna para dejar el episodio en el olvido.

En otro orden de cosas, personal de la división moralidad y perfectas costumbres procedió a allanar un establecimiento de los denominados saunas en la zona de Constitución, que operaba bajo el nombre de Sodomius Espartaquista. En el mencionado sitio se desempeñaban señoritas indocumentadas- muchas nacidas en algunos países limítrofes, Perú y en la República Dominicana- que cobraban a los clientes por sus favores sexuales. Además alternaba en el sitio un plantel de masculinos pero de apariencia femenina, de los denominados travestis. Lo que sorprendió al personal policial fue el trato descomedido de la encargada del lugar quien dijo más o menos textualmente:

"Boludos, este bolonqui es del comisario de la 33. ¿Quien les dijo que vengan a allanar aquí?"

Los efectivos del orden respondieron- sin perder la apostura- que actuaban bajo las directivas del magistrado interviniente, Doctor Archibaldo Parménides Oyarzun y Echenagucía. Exhibieron, como marca la ley, la correspondiente orden de allanamiento firmada por su señoría.

La empleada, visiblemente nerviosa, prosiguió con sus improperios y llegó a sugerir la existencia la existencia de formas de connivencia entre la empresa que regentea el lugar y la comisaría zonal. El allanamiento cesó por una llamada del doctor Oyarzun y Echenagucía, quien dio la orden judicial correspondiente a la patrulla policial de dirigirse a otro sitio. El magistrado en los fundamentos (verbales) de la resolución adujo un inconveniente y molesto malentendido.

Trastornos en hotel por horas. Un ruidoso accidente se produjo en la víspera en un establecimiento de los denominados albergues transitorios, en la zona roja palermitana.

Juan Ernesto Zacarías, (a) Margot, de 59 años, es un travestí que desarrolla su actividad laboral entre las calles Godoy Cruz y Oro de la Capital Federal, en el territorio denominado popularmente *"zona roja palermitana"*. En su juventud se desempeñó como camionero, verdulero, coiffieur femenino y estibador portuario, entre otras ocupaciones laborales. Ataviado con tanga roja y camisón negro de encajes fue abordado por un transeúnte, de quien no fue suministrada la filiación; pero sí su peso: 180 kilogramos. Informado el inminente cliente de las tarifas de (a) Margot por sus servicios sexuales, procedió a invitarla(o) al albergue transitorio cercano denominado La Cigarra, inmortalizado en el cine y la novelística nacionales.

Fue en tales circunstancias que se desencadenó el suceso que informamos y que motivó la intervención de una dotación de bomberos. El contrato laboral, instituido de palabra, se reducía a la prestación de sexo oral por parte de (a) Margot al damnificado. Trascendió, pues la información oficial es harto escueta en lo referente a las circunstancias que desencadenaron el accidente, que el travestí de marras es luengamente experto en tales menesteres, de modo que el cliente entró en una situación de éxtasis, que lo llevó a agitarse desenfrenadamente en el lecho de la suite. En dichas circunstancias se produjo el incidente. Cedió la cama y el piso de la habitación y trabajador (a) sexual y cliente cayeron al piso inferior. Por fortuna no hubo que lamentar desgracias personales ni contusiones, aunque si algunos daños materiales. Por fortuna, los ocupantes de la habitación que recibió involuntariamente a los accidentados se hallaban duchándose, de manera que no sufrieron heridas. De todos modos, una ambulancia del S.A.M.E. debió atender a la dama que se hallaba presa de una crisis nerviosa y sólo decía: *"si se entera mi marido me mata."*

Los peritajes que se harán en el lugar determinarán si el siniestro se debió a la obsolescencia de la construcción o al sobrepeso y fogosidad del cliente de la (el) travesti.

Más noticias. Denuncias de atribuladas vecinas de la zona de Villa Urquiza daban cuenta de la presencia ciertas noches de un depravado sujeto, quién procedía a abrirse el sobretodo y mostrar lo que tenía para exhibir, pues la mencionada prenda de abrigo era su única vestimenta. Personal del destacamento policial de la zona montó un paciente operativo de inteligencia que luego de cierto tiempo permitió detener in fragantial al individuo en cuestión. Allí- frente a la presencia de testigos que dieron fe de lo que se veía- se procedió a identificar al sospechoso, quién resultó ser un alienado fugado de una colonia de atención psiquiátrica del partido de Luján. En razón del secreto de sumario se procedió a no suministrar la filiación del peligroso sátiro, pero llamó la atención que realizó su obscena demostración cuando transitaba por la zona una dama nonagenaria, quien de todos modos no quería perder detalles de la situación.

A las 12, más noticias.

La lección de geometría

Así es mi amor, hoy la vamos a conocer. ¿Te gustó la sorpresa?

La verdad, me asombró totalmente la novedad. Dos cortados, por favor. ¿Ir a hacer el amor con otra mujer?

Espero que con esto, te calmes y no me engañes más. Estoy harta de tus mentiras, tus escapadas y tus aventuritas.

Si vos decís eso, imaginate como debe sentirse mi esposa. Contestame una pregunta. ¿Vos querés realmente incorporar una mujer porqué te gusta la idea del menage a trois o para canalizar dentro de nuestra pareja mis otras relaciones?

¿Puedo abstenerme de contestar?. Si hoy concretamos con Giselle, por mi comportamiento en la cama podrás hacerte una composición de lugar.

¿Giselle se llama? Tiene nombre de tango. No te olvides de mi, Giselle... en este caso será no te olvides de nosotros. Y vos has recorrido un largo camino muchacha. ¿Té acordás el primer día que fuimos a un hotel y me pediste desvestirte con la luz apagada?. Ahora fiesta múltiple. Tengo una duda ¿Se lo contarás a tu confesor? Espero que no abundes en detalles, los curas también son seres humanos y pueden olvidar su sacra misión y abrirse imprevistamente la sotana. En ese caso, mostrar algo de su ser que permanecía oculto, especialmente para la mayoría de las destinatarias potenciales. Contame un poco como viene la relación con esta señora. ¿De donde la conocés?

Yo puse una nota en un portal de búsquedas amorosas, sección tríos, pareja busca mujer. Allí me describí, conté también como sos vos y pedí que las mujeres que se postulasen debían ser de formas generosamente renacentistas, como te gusta a vos mi amor. Enseguida, me respondieron tres mujeres del exterior. Una de España, otra de Canadá y la tercera, mejicana. Descartado. No me copan las relaciones virtuales, creo que a vos tampoco. El siguiente fue un travesti. Horror. No sabés lo ridículo que era. Mandó una foto. Imaginate un camionero onda Hugo Moyano, pero con peluca rubia y vestido de mujer ofreciendo sus servicios amorosos (gratuitos, aseguraba no hacerlo por dinero). Además me juró que era mujer por adopción. No me lo puedo imaginar en una marcha cegetista, tocando el bombo. Después de unos días llegó el primer mensaje de Giselle.

Nunca vas a dejar de sorprenderme ¿Y manejaste todo como para conocerla hoy?

Y lo manejé con extrema sutileza. Primero intercambiamos varios mails. Después fotos, inclusive una tuya le mandé. Ella es una psicoanalista relativamente importante. Divorciada de tres maridos. Con un hijo de cada matrimonio, todos ya grandecitos. Militante en los '70 y en la actualidad. Le costó varios años de terapia reconocer que fantaseaba con tener relaciones con una pareja. Tiene mi edad. Las nacidas en 1950 ¿No somos tus favoritas mi vida?. Tu esposa, tu amante y ahora ella, supongo que llegará a ser tu amante'. Además, no sabés el físico que tiene, te va a dar vuelta. Entre las dos no te vamos a dar tregua. Vas a pegar alaridos implorando socorro y seguramente querrás escaparte del hotel.

Yo no estaría tan seguro de eso, a lo mejor se querrán escapar ustedes. ¿Tiene experiencia en tríos?

No, sería la primera vez.

Así es también para nosotros. ¿A que hora viene?

Ya tiene que estar por llegar.

Si no viene o no hay onda nosotros igual nos vamos al telo.

¿Que le pasa, mi bichito?. ¿Está excitado? Además, seguramente vamos a concretar. Ella vió tu foto y me dijo que sos muy buen mozo. Además, le conté como sos vos en la cama. Está muy interesada en conocerte.

No necesito de otras mujeres para estimularme y hacer el amor con vos. Lo sabés de sobra.

Entonces ¿Por qué salís con otras? ¿No te doy yo todo lo que necesitás?

Ya lo hablamos varias veces, hoy no quiero repetir tópicos largamente comentados. Te quiero hacer otra pregunta. ¿Avanzaste con ella la posibilidad que exista intercambio lésbico entre ustedes?

Si, quedamos en seguir charlando el tema hoy. Ella quiere un trío total: tener sexo con vos y conmigo, con una mina sola no se lo banca, pero con una pareja, si. Yo le anticipé que no me atraen las mujeres. Ahora yo te quiero hacer una preguntita. Si te arruino la fiesta hoy ¿ Me vas a seguir queriendo?

Desde luego, el sexo es libertad. No sirve de nada que vengas a hacer algo que no te gusta o no quieras. Si no nos ponemos de acuerdo, ella sigue su ruta y nosotros la del hotel. Eso si, si no querés coger hoy no te lo perdono.

Sabés que soy siempre materia dispuesta para hacer el amor con vos, mi vida. Allí viene.

Hola chicos, ¿Como andan? Es un enorme gusto, por fin los conozco a los dos juntos. Un capuchino, por favor. ¿Hace mucho que esperaban?

Sólo unos minutos. Estábamos charlando un poco entre nosotros de bueyes perdidos. Mirá, para romper el hielo, te propongo un juego. Podríamos comenzar a contarnos todos nuestras fantasías, pero no en sentido directo. Me explico. Este encuentro puede ser denominado lecciones de geometría.

¿Que?

¿Y vos vas a dar las lecciones o las vas a recibir?

Creo que los tres tenemos que ser modestos alumnos con cierta tendencia autodidacta en este tema. Y reafirmo, más estudiantes desde el punto de vista práctico que teórico.

Pero por favor, explicame cual es la relación entre nuestras fantasías y la noble ciencia de Euclides.

¿No nos proponemos formar un triángulo? Yo les propongo, mis amores, mis diosas paganas, que nos contemos nuestras fantasias, pero no en forma directa sino como figuras geométricas. Pongo un ejemplo: un triángulo equilatero es el viejo y querido 69, que en este caso es compuesto. Yo te hago a vos el juego que tanto te gusta con mi boquita y Giselle habla por mi micrófono. Los tres acostaditos en la cama y los pies de ella tocando tu cabeza somos el perfécto triángulo equilátero. Cuando quieran, intercambio de roles.

¿Y no se puede proponer figuras que no sean triángulos?

¿Por ejemplo?

El trapecio

¿ Cómo es?

Muy fácil, se hace una hamaca con las sábanas y Diego se bambolea. Desde las alturas él tiene que proponer ciertas prendas que nosotras tenemos que cumplir. La que gana se queda con todo el premio; la que pierde mira,

No es mala la idea.

A mi no me atrae.

Descartado el trapecio. Y desde cierto punto de vista tenés razón. Creo que lo placentero aquí residirá en que nosotras no compitamos. ¿Vos podrás integrarnos a las dos y que gocemos ambas, simultáneamente?

Modestamente, me tengo confianza. Para esto la figura es- entre otras- las paralelas que se tocan desmintiendo eróticamente el postulado de la geometría clásica.

¿Cómo es eso mi amor?

Las dos acostaditas en paralelo. A una la penetro, a la otra le hago fist-fuking. Luego de un rato de placer, otra vez, intercambio de roles.

Y ¿ Cómo es que se tocan estas paralelas?

Yo las toco.

No es mala la imagen, pero él es siempre el centro de todo. Cambiando de óptica, Giselle, antes de conocerte a vos, nunca me había sentido atraída por una mujer. Hoy pienso que muchas cosas pueden cambiar. Pero no logro explicarme como va a resultar esto desde el punto de vista geométrico.

Una relación de dos mujeres puede ser o bien un círculo o bien un ovalo.

Que no es lo mismo que un ovario.

Ya salió el clásico humor machista. Portate bien porque si no nos vamos solas.

Ya hablamos que pasaría en caso que no hagamos el amor hoy, pero nunca me imaginé que esto sucedería en tales circunstancias. Me siento un personaje de Woody Allen. De todos modos, yo puedo aportar algo que ustedes nunca tendrían, por lo menos de modo natural.

Y vos Daniela, que ya lo conocés. ¿Vale la pena lo que él dice que tiene para aportar o mejor nos conformamos con un aparatito?

Si debo decir la verdad, es lo que me ha dado más felicidad a lo largo de todo un tramo de mi vida.

¿No les parece que es hora que dejemos de jugar en la fantasía para llevar las cosas al plano de los hechos concretos?

El amor en los
tiempos del cartoneo

Claudia Lorena apoyó el carro en un ángulo del furgón y se paró entre su instrumento de trabajo y la pared. Evitaba así los molestos apretujones y toqueteos que sus colegas de cirujeo le endilgaban en el trayecto José León Suarez (J.L, para los entendidos lugareños)- Belgrano R. La media hora de viaje transcurrió sin novedad; ni en el frente, ni en la retaguardia. Era un atardecer sofocante en una jornada de verano más que agobiante, típica de la canícula porteña, aunque ella nunca había visto un puerto, ni sabía que significaba la palabra canícula.

El laburo estaba jodido; en enero hay menos gente, por ende menos basura. Pero luego de caminar toda la noche juntaría lo suficiente como para hacerse unos diez pesos. Con ese magro ingreso subsistían sus padres enfermos y sus cuatro hermanitos en edad escolar. Pensó en la alegría del Carlitos, atorranteando en la villa, ahora que no había clases. El recuerdo le dio ánimos para encarar la fatigosa y extenuante tarea.

Cuando bajó del tren, el sudor ya le pegaba sus generosos pechos a la remera y la desteñida bermuda de jogging se le adhería con distraída sensualidad al sur de su espalda remarcando el perfecto y ensoñador triángulo que sugería la tanga en su pantalón. Se sentía más libre sin corpiño, aunque resultase obviamente provocador.

Caminó lentamente por la calle perpendicular a la vía en dirección a Cabildo. Ya había otros condenados de la tierra haciendo la cola en una panadería para el momento en que sacaran las sobras. Se rió por haber pensado en esta expresión que le había escuchado a un curita (se decía que era de la liberación), medio revoltoso: comparar a Jesús con el Che Guevara. La Acción Católica pidió que lo trasladasen de la villa y al final se hizo su voluntad (¿así en la tierra como en el cielo?). Siempre se preguntaba: ¿Que querrá decir condenados de la tierra? ¿La condena era vivir así? ¿La pobreza es una condena? Más bien parecía un problema de naturaleza. Pobres hubo siempre, así decían las damas rosadas en la capilla, así debía ser nomás.

Pasando la panadería cercana a la estación tuvo el primer incidente. Ya el sudor conformaba una corona de sal sobre su frente, parafraseando al poeta español Miguel Hernandez, que obviamente Claudia Lorena no había leído nunca. Una barrita en una esquina le dijo:

"En vez de tirar el carro, tirame la goma", entre gruesas risotadas. Ni los miró, por supuesto. Estaba acostumbrada a las groserías de esos muchachitos aburridos. Si conocieran la realidad del sufrimiento de vivir en una villa ¿Se burlarían?¿ O serían peor de malvados todavía?

Pensaba en su amigo el Mencho con el que pasaba a veces ciertas veladas en la casilla de él, durante algunas tardes antes de emprender el viaje hasta Belgrano. Era bruto, pero la quería. Incapaz de desearle el mal, compartía con ella lo poco que su tía le dejaba para comer, antes de irse a limpiar por hora. El Mencho no había conocido a sus padres. Algún día se animaría a preguntarle porqué Era lindo, grandote y musculoso. La penetraba monótonamente, sin grandes demostraciones de cariño ni variar posiciones, pero a ella le gustaba. Ya tenía veinte años y ningún hijo. Toda una excepción en la villa. Algún día tendría que ir al hospital y hacerse análisis, pensaba. A lo mejor nunca tendría un bebe. No sabía si esa situación le provocaba alivio o inquietud. No tener jamás un hijo no podía ser bueno, pero no tenerlo ahora, cuando sus vecinitas no bajaban de cuatro o cinco era al menos un respiro para la mesa familiar.

A medida que avanzaba y el carro se llenaba con su variado contenido de latitas, papel, cartón, botellas, metales y objetos varios sentía que sus fuerzas eran menores y más necesitaba pensar en las tardes con el Mencho para darse ánimo.

También le parecía que eran mayores las groserías que le decían los muchachos, los taxistas, los colectiveros... hasta los padres de familia parecían confabulados para decirle cosas chanchas. Tal vez para su entender, podían resultar graciosos; pero para la joven cartonera eran- nada mas ni nada menos- que la síntesis de la agresión del resto del mundo. A medida que avanzaba la jornada, parecía que el murmullo se hacía un alarido enloquecedor.

Por fin, hacia las cuatro de la madrugada llenó el carro. Se sentó en la calle, dispuesta a descansar un rato antes de emprender el retorno a Suarez, previo paso por el depósito de Malaver para descargar y vender su contenido. Total, el primer tren pasaba pasadas las 5. Se relajó un cierto tiempo, sin advertir que un joven la miraba triste e incansablemente. Tendría pocos años más que ella, tal vez dos o tres. Era alto, desgarbado, con granos y anteojos, francamente feo.

"¿Querés tomar una coca?"

"¿Con hielo?" Fue la respuesta de Claudia para quien la gaseosa en ese momento y lugar configuraba el manjar más apetecido del mundo. Para su sorpresa, el joven la invitaba a pasar a su casa.

"¿Con el carro que hago? Me llevó toda la noche recolectar lo que llevó ahí. Toda mi familia vive de esto."

No te hagas problemas, le contestó él. Apretó un control remoto y el portón de una mansión se abrió lentamente. El muchacho mismo tiró del carro hacia el interior de su casa.

"¿Es tuya?"

"De mis padres. Ellos están en Europa ahora". Me quedé para estudiar. Además, si ellos están lejos, yo la paso mejor.

Acomodó el carrito junto a un impactante Mercedes Benz y se sentó con gesto ensoñador en una reposera en el jardín. Mas allá, se veía, tentadora, una pileta de natación con los correspondientes reflejos en el agua de los faroles de la calle. Todo el ambiente era una imagen del paraiso terrenal, tan disitinto a ls villa. El coche y la herramienta laboral de Claudia eran la perfecta síntesis de la desigualdad social de la Argentina, visto el problema desde los medios de transporte. Al rato estuvo Marcos, el nombre del muchacho, con una botella de Coca Cola, vasos, hielo, una picada y una cerveza de litro.

"Mi papa es un importante banquero. ¿El tuyo?"

"Desocupado, pobre y enfermo. Igual que mi mamá."

"Me encanta mesclar la gaseosa con la birra. ¿A vos?"

"También". Agotó casi de un sorbo dos vasos grandes, Al tercero comenzó a saborear la bebida.

"¿No querés darte una zambullida?"

La pileta, el calor, el cansancio, todo la llevaba a tirarse en las frescas aguas. Sólo la frenaba un pequeño detalle: no tenía traje de baño.

"No tengo malla." Le dijo sonrojada, era terrible perderse la satisfacción de chapotear un buen rato. Más aún por la ausencia de una prenda que nunca había integrado su guardarropa, a todo lo largo de las dós decadas de su trayectoria en el mundo..

"No importa, bañate desnuda. Yo también hago lo mismo, no nos miramos y listo."

"¿Me prometés que no me vas a mirar?"

"Seguro", dijo él totalmente sonrojado. Ella lo vio tan cohibido y debil que no desconfió. Cuando Claudia se sacó la bermuda, la remera y la ropa interior casi de un tirón, quedaron sugeridas por las sombras de la noche sus magníficas formas. La joven villera segura de si misma, corrió a la pileta y se tiro de cabeza.

"Vení, esta barbara."

Ni se dio cuenta que él ya estaba a su lado, contenido, sonrojado y muy caliente. Torpemente la abrazó y sin decir palabra la besaba lentamente en el cuello. Ella, resignada, se dejaba hacer. Este recreo debía tener un precio y comenzaba a mensurarlo. Marcos temblaba y le dijo que salieran del agua. Fueron hasta la reposera y allí él la penetro con una manifiesta ausencia de habilidad no exenta de cariño. Un gallo cantó y ese fue el tiempo que le llevó terminar. Claudia suspiro aliviada. No sería una relación inolvidable en su memoria. Se sirvió otro vaso, se puso la ropa y le dijo:

"Fuiste muy bueno, pero me tengo que volver. ¿ Me abrís el portón?"

Antes que Claudia pudiera reaccionar, Marcos le dió un billete de veinte pesos. El doble de lo que ella ganaba por día tirando del carro. Claudia no pudo contener su entusiasmo y antes de alejarse con una sonrisa por las calles de Belgrano R en dirección a la estación, le preguntó:

"¿No querés que vuelva mañana?"

¡Mamá, mamá!

El primer día que la encontré llorando, mami estaba en su habitación, solita, temblaba un poco y no hacia mucho ruido, como si quisiera disimular su sufrimiento. Me acerqué lentamente, tanto que ella ni se dio cuenta que yo la observaba.

La miré durante un rato y le pregunte:

"¿Por qué llorás mami?"

"No es nada, mi nene, no es nada".

"Abrazame", le dije y ella pareció contener su dolor.

" Dale, contame por qué llorás". Insistí.

"Cinco años y ya es un hombrecito". Me acarició con dulzura de madre y pareció secar las lágrimas nada más que con un gesto. Pero a mi no me engañaba. Yo sabía que lloraba por algo que le había hecho papá. Él parecía un hombre bueno, pero algo de lo que hacía debía ser jodido, como para provocar esas reacciones en mamá.

Al día siguiente, algo me confirmó que no todo en mi papá era trigo limpio. Fuimos juntos al almacén, le sobraron unas monedas y no quiso dármelas. ¿Por qué actuaba tan miserablemente?

Unos días después tuve una primer respuesta (tentativa). Yo dormía en mi camita, abrazado a mi oso. Entonces sentí que ella lloraba y el sonido venía del dormitorio de ellos, no lo pensé mi un segundo más. Tomé la espada del poder y fui a rescatar a mi mamá de las garras de ese hombre. Abrí la puerta y lo que vi no era lo que esperaba: Estaban los dos parados mirando contra la pared y desnudos. Ella de cara a la pared y el otro atrás.

No lo dudé y exclamé mi grito de guerra:

"Aquí viene el superheroe para enfrentar el mal. ¡ A luchar por la justicia!"

Se movían lentamente y lo que creí llanto, ahora bien mirado por el paso de los años, parecía más bien otra cosa. No sabía muy bien que. ¿Sería un juego de grandes o participaban en alguna maniobra de las fuerzas malignas?

El se dio vuelta y me dijo risueño:

"Andá a dormir Jorgito."

Diálogo sexosocrático entre padre e hijo
o acerca del uso adecuado y /o correcto de ciertos productos

Padre mio, no sabés el desastre que ocurriió en mi vida. Y todo por seguir tus consejos. ¡Nunca más!

¿Por qué dices eso, hijo mío? Cuentame, por favor.

Padre santo, ¿Recuerdas cuando yo te pregunte como podía hacer el camino inverso con Laurita, mi novia?

Camino inverso. ¿Qué es eso, por favor?

Es que hay cosas que me cuesta decirlas, me dan vergüenza. Yo soy de una generación distinta que la tuya, los de la revolución sexual de la década de los sesenta, bien que ocurría durante el pasado siglo. Me tenés harto con tu dichosa revolución sexual

Pero si no sos explícito, no podremos comprendernos. Haz un esfuerzo, vive dios.

Camino inverso es otra vía de entrada, como dicen los de tu generación, el tango de París o hacerle la colita... no sé si soy claro.

¿Y en que no te aconsejé adecuadamente? ¿Recuerdas? Te dije claramente que...

Debía untar la zona a penetrar con lo que definiste oportunamente como el noble lubricante...

Que podías adquirirlo en las buenas farmacias de tu barrio, se denomina ni más ni menos que...

Vaselina. Bien, yo me apersoné para comprarlo en una botica de otro vecindario. No quería que mis intimidades fueran materia de deliberación de la gente de las inmediaciones.

¿Y?

Estaba el buen comerciante aleccionando a una señora acerca del uso del mencionado artículo, folleto en mano.

La dama de marras. ¿Era merecedora de un condigno uso del producto que ocupa nuestra conversación?

Tarde supe que la utilización que la mujer quería de nuestro lubricante era bien otro. Además, debía ser cuanto menos, octogenaria. Tal vez hace medio siglo, pero ahora no creo.

Por lo que decís, me parece que en ese caso la ingesta debía ser de carácter oral y la función dilatante era más bien intestinal-rectosa que anal.

No sabía de la polifuncionalidad de la vaselina, pero el noble boticario le aseguraba a la señora mencionada que debía tomar por la boca el producto y asegurarse así el exitoso logro de su objetivo.

Y vos, mi querido bestia, le hiciste tomar a Laurita vaselina para hacerle la colita, es un lubricante, no un afrodisíaco.

¿Cómo podía llegar a la verdad?¿Cómo discriminar dos usos tan distintos de un mismo bien?¿No has sido vos el que me explicó hasta el hartazgo que una mercancía es algo que satisface una necesidad humana cualquiera, sea esta de índole corporal o espiritual?

¿Te parece esta la ocasión para una polémica filosófica acerca de las relaciones entre sexualidad y economía? Más bien, me intriga el desenlace de tu experiencia, a la cual imagino fallida por el tono de frustración que anida en tus palabras.

Dices bien. Te relataré los hechos del modo más objetivo posible. Es difícil hacerlo cuando están involucradas circunstancias tan importantes desde el punto de vista personal. Le preparé a mi novia una pócima con el que yo imaginaba, lujurioso brebaje.

Por dios, yo te había recalcado que debías untarle la cola y el ano con el pastoso elemento. Además, podías pasarlo por tu miembro viril. Esto resulta altamente excitante para vos y para ella.

He aquí uno de mis errores: la causa, fiarme de los dichos del boticario, quién me insistió hasta lo indecible que la ingesta de la vaselina es por vía oral

Mi niño, confiaste en un profesional más que en tu padre. Y no es errado el criterio, mas si la aplicación del caso. La voz de la ciencia es superior frente a la del padre y la de dios, si es la ocasión. Pero el buen farmacista se refería a otro uso, sin dudas. Prosigue tu interesante relato, por favor, me intriga el desenlace que creo yo, inminente.

¿Ahora creés en dios? Las vueltas de la vida. A la vejez has devenido religioso, increíble.

Soy tan ateo como lo fui desde la cuna, nieto de ácratas y socialistas y así moriré. Era sólo una figura discursiva. Y por favor, proseguí tu relato hasta el final.

Vos sabés que siempre valoré y aproveché tu amplitud y generosidad, así como la de mamá para permitirme tener relaciones con mis diversos amores en casa. Pero, para esta ocasión, quise algo especial y fuimos a un telo. Tomamos una suite que se llama anal debido a los diversos complementos que allí hay para dichos juegos.

Contame.

¿Querés que hable de la decoración o de lo que padecimos allí? ¡Con cuanta facilidad te dispersás!

Una cosa no quita la otra. La atención que merece tu problema no impide que me preocupe de la decoración del lugar.

Por momentos no sé si me escuchas como buen padre que sos o para burlarte de mis tribulaciones.

Insisto en lo que te dije antes. Me intrigó esa suite. La curiosidad por ella no significa que me burle de vos y de un traspié que cualquiera puede dar en su vida. Adelante...

Había dos aros colgantes para que la dama se agarre de ellos y sea pentrada. Un jacuzzi con una islita en el medio para... bueno, vos sabés. Un sillón curvo y además un ángulo de la pieza estaba acolchado para hacerlo parados así. Por supuesto que luces rojas, la opción de repetir el tema *"Ultimo tango en París"* por el Gato Barbieri y todo lo que ni siquiera puedas imaginar.

Luego me das las correspondientes coordenadas. Proseguí con el tema principal.

Antes de entrar le di a beber el brebaje que llevé preparado. Una vez en el lugar, la cosa venía muy bien. Hicimos el 69 y así acabamos los dos. Luego de un rato de necesario y merecido descanso, tuvimos otra relación, digamos más convencional, pero sumamente placentera.

¿Y?

La tercera pensé que sería la vencida. En realidad el derrotado fui yo.

¿Qué ocurrió hijo mío?

Elegimos el ángulo acolchado para lograr el preciado objetivo. Previamente y mediante interesantes juegos, Laura obtenía los mejores resultados de mi virilidad. Entonces...

¿Entonces que?

Yo pretendía recorrer un camino de ida señalado por el éxtasis. En cambio, hubo un torrente de salida que, a ella, le provocó una enorme vergüenza, y, a mi, una cierta incomodidad, sólo sobrellevable por el inmenso amor que siento por ella.

Si me permitís la expresión ¡Que cagada, mi dios!

Me imagino lo que dirán en el lugar. Que los jóvenes somos cagones.

O que juegan a la lluvia marrón. Pero la opinión de quienes se desempeñan en dichos sitios, no me preocupa. Me interesa como sobrellevaron ustedes dos una situación tan delicada.

Ella estaba- tal como te dije antes- muerta de vergüenza. Yo con mi miembro plenamente en la mierda. ¿Qué hubieras hechos vos?

Convertir las difíciles circunstancias en una oportunidad para nuevos juegos eróticos.

Por eso te amo, padre mío. Imaginé que vos en mi lugar harías lo propio y le propusé olvidar el desgraciado incidente con un baño suave de agua tibia en el jacuzzi. Primero se mostró reticente y vergonzosa. Pero a medida que avanzaba el sensual y tan necesario proceso de higienización, parecía mas calma. Luego, comenzó a excitarse.

Si podés, aportá detalles.

Ella me enjabonó con gran ternura la pija, casi llorando. Me decía que por su culpa estaba llena de mierda. Pero cuando estuvo limpia, me la empezó a chupar suavemente y a medida que lo hacía, tomaba un ritmo más frenético. Demás esta decir que acabé como un bendito. Entonces la empecé a limpiar yo a ella. De todos modos, el agua me había aliviado bastante el esfuerzo. Luego la comencé a sobar y así estuve yendo y viniendo entre sus dos orificios, alternando en uno y en otro.

Eso es lo que se llama hacer de necesidad, virtud.

La carta

53

Hola Mirta, amiga mía de alma. Espero que cuando recibas esta misiva estés tan bien como cuando nos vimos por última vez. Voy a relatarte una experiencia amarga, relacionada- para peor- con tus consejos. Al final, me decidí a hacer caso de tus permanentes ideas y sugerencias, que viéndolas a la distancia, seguramente estarán muy bien intencionadas. Mas no fue ciertamente feliz el resultado. En realidad, lo desagradable, lo fue sólo parcialmente. Pero, a no adelantarse.

En realidad, se me hace difícil entender plenamente porqué hice esto- de lo cual en modo alguno puedo culparte- ya que sólo yo soy la única responsable. Por cierto que paso a relatarte los hechos del modo más objetivo posible. Mi relación con mi esposo Luís no es fascinante, pero para más de veinte años- exactamente, veintitrés y dos meses- de matrimonio, no está mal. Fijate, ya cuento el tiempo como un presidiario.

Tenemos buen diálogo, aceptable aunque rutinaria cama, cogestionamos cristianamente un hogar con tres hijas hermosas. Ellas cumplen en sus estudios, van a misa, todos nos confesamos, aunque más no sea por costumbre. Concurrimos al cine, al teatro, hacemos ofendas pías, tenemos amigos que nos visitan y toda la vida social que se pueda imaginar. No es un amor con toda la locura y la pasión de cuando nos conocimos, pero sin dudas lo quiero. Así es la madurez. ¿No es cierto? ¿O no? ¿Para que iba a desear tener otra relación?

Vos sabés que nuestra familia tiene un cierto nivel económico. Mi cargo ejecutivo y el estudio jurídico de él, lo hacen posible. Así, la vida en la Capital es por demás agradabilísima. Podemos pagar las cuotas de los diversos clubes, el gimnasio, los aranceles escolares de las nenas sin mayores sobresaltos. Previsiblemente, en un futuro, universidades privadas o en el exterior. ¿Qué sentido tiene haber arriesgado tanta estabilidad?

Bien, vamos a los hechos. Una vez por mes, vos lo sabés, debo hacer la visita de inspección a la sucursal Córdoba. Son tres días; tan lejos y sin marido, la imaginación comienza a volar. En el hotel hay un restaurante animado por un pianista. Ya lo había visto en anteriores viajes. No te imaginás, es lo más parecido a Woody Allen, pero alto. Y más joven. Con barba y un aspecto de desvalido que me inspira una enorme ternura.

Una noche, luego de la jornada laboral, ya estaba a punto de cenar el lugar. Por vaya una a saber que extraños sortilegios, en un momento me sentí irremediablemente atraída por su desgarbada figura. El fraseo de las teclas me parecía la conversación más seductora que imaginarse pudiera. Cuando se hicieron las dos de la madrugada y todos los parroquianos ya se habían tomado las de villadiego, pareció reparar por primera vez en mi.

Vos debés ser la única persona entre todos los clientes de aquí que no me solicitó ningún tema. ¿Puedo adivinar cual pedirías?

Podés intentar, pero seguramente no la pegarás.

Según pasan los años, de la banda de sonido de Casablanca.

Es hermosa, pero no, fallaste. Pruebe otra vez, siga participando.

¿All my loving, de Los Beatles?

You're wrong, trye again.

No, quiero interpretarlo para vos. ¿Me lo podés decir? Por favor.

¿Conocés La flor que tu me has dado, del segundo acto de la opera Carmen, de Bizet?

Será una versión especialmente preparada para piano tenor, que habida cuenta de mi extrema delgadez no será el famoso tenor graso.

No sabés la dulzura alucinante de la interpretación. Yo sentí... sentí que ese piano me hacía volar, que la canción evocaba mis mejores ilusiones de cuando era una jovencita, que esas manos podían arrancar las mejores notas del instrumento y de mi cuerpo.

Recién cuando terminó alzó la vista y buscó mis ojos. Mientras tocaba no me dirigió mirada. Yo estaba a mitad de camino entre la emoción y la turbación, me acerqué lentamente y me senté sobre sus piernas Rodeé su cuello con mis brazos y nos miramos largamente. Él temblaba ligeramente, por la emoción, supe después.

¿Querés que toque otra? ¿La misma otra vez?

Lo que yo quería era besarlo y no pasó mucho tiempo hasta que lo hacíamos con desesperación creciente. Ni sus manos ni las mías tenían límites en la búsqueda de los espacios más placenteros para el otro. Yo estaba con un top blanco muy ajustado y rápidamente con un seno al aire que él mordisqueaba con verdadero deleite. Desde hacía muchos años que no me sentía tan excitada, la tentación me venció y comencé a acariciar un miembro de prodigiosa erección.

¿Y si subimos a mi habitación?

Antes de aceptar mi invitación, pretendió que le hincara mi boca a su artefacto de combate. Me salvó la señora de la limpieza que entró carraspeando, para hacerse notar. Turbada por la aparición repentina, le insistí con que me acompañara a mi suite. Si quería quedarse solo a pasar la velada era cosa de él. En cualquier caso yo terminaba a los gritos: si me dejaba con las ganas; desde la puerta de la habitación, lo insultaría por varias generaciones ascendentes y descendentes. Si como sucedió, entraba y compartía la cama conmigo, mis alaridos serían por el éxtasis placentero. Fue una noche perfecta. Una madrugada y una mañana. Perdí el avión que debía tomar al mediodía. Mi marido se cansó de esperarme en aeroparque. Pero no podíamos dejar de comenzar una y otra vez el mismo rito mágico de gemidos y orgasmos con el pianista, que era un verdadero orfebre para las lides amatorias. Hacia las catorce horas se despidió de mi con un beso. Adujo que su esposa volvía de viaje y debía cuidar de su estabilidad familiar.

Yo le había relatado de mi situación y quedamos en pasarla así, una vez al mes, durante mis excursiones por la docta. Nos intercambiamos mails y celulares, pero sólo a condición de una emergencia. Nos veríamos directamente en ocasión de mis visitas. Cuando me disponía a dormir con la satisfacción del deber cumplido, un llamado de mi esposo me devolvió a la cruda realidad de todos los días. A las 16 había otro vuelo y mi voz de cansada lo convenció de un inexistente malestar. Es más, hacia mucho que no me sentía tan bien.

Lo peor vino el mes siguiente, cuando me disponía a repetir la excursión a la sucursal... y al mundo del placer que yo creía olvidado en mi vida: Pero la mujer propone y las desgracias te indisponen. Mi marido salió con un imponderable y terrible imprevisto: tenía unos asuntos pendientes para resolver en Córdoba y quería aprovechar el viaje para *"una segunda luna de miel"*, dijo De hiel, pensé yo.

La estadía era normal. Yo lograba disimular la frustración que me invadía por el viaje perdido. Para peor, mi querido esposo no quiso saber nada con salir a cenar fuera del hotel. El pianista estaba precavido- para eso habíamos intercambiado los celú- de modo que me ignoró toda la noche. Esta circunstancia no podía menos que resultarme extraña y herir mi orgullo ¿narcisista? Yo estaba con un vestido rojo escotado que me queda muy bien, pintada, arreglada; en fin, impactante. Y el destinatario de mis afanes ni me miraba.

Nos quedamos como la otra vez, solos hasta el final, sólo que este viaje había un agregado que marcaba una sensible diferencia con el anterior. A las dos, mi ejecutante favorito bostezó, saludó y se fue. Nos quedamos solos y mi esposo me abrazó. A seguir la farsa, pensé.

El cónyuge quiso jugar de amante piola y pidió dos whiskys. Entonces entro la misma mujer de limpieza del mes anterior. No sé si te había relatado que el padre de mis hijas y mi amante se parecen bastante de cara, sólo que el pianista pesa la mitad que mi marido.

Exactamente siete decenas de kilogramos contra casi centena y media. La mujer carraspeó- igual que el mes anterior- y le dijo:
¡Que bien, como te compusiste, que gordito se te ve!

La ceremonia
publica

Que embole, siempre me toca a mí venir y dirigir esta ceremonia de la Asociación de Neuronotarios del Gran La Plata. ¿Quién me mandó presidir este podrido Colegio Profesional? Siempre que hay una actividad plomo así y una vez más aquí me tienen en

Representación del Colegio de graduados en ciencias jurídicas, formales y protocolares, me constituyo en tan sencilla como solemne creeremonia, en este sagrado hemiciclo, para conmemorar, una vez más, el cincuagésimonono aniversario de la fundación de la asociación Neuronotariológica del Gran La Plata y aledaños, imprescindible agrupación humana y profesional, sin la cual

Siempre cuando era chico se decía: a los postres, discursos. Aquí no hubo ni comida, ni menos la parte dulce y ya vienen con las parrafadas. Esta mina ¿De que se la da? Por lo menos, está muy fuerte, pero es tan seca, distante y soberbia,

¡Que bien que está ese neuroescribano! Y yo me vengo a fijar en esos detalles cuando digo el discurso. Si supieran las cosas que pasan por mi cabecita mientras estoy hablando. No puede ser tan pintón, y como le queda el traje azul y la camisa blanca, y encima ese sol que baña suavemente su cabellera rubiecita... que lomo bebe...

la entera vida social carece de su sustrato definitorio, de su auténtico esqueleto, de su verdadero sustento, a saber, la fe pública, corroborada infatigablemente por estos abnegados servidores públicos y privados,

que no me la puedo imaginar en la cama. ¿O si? Para colmo, esa pollera no trasluce nada. Estoy seguro que una tanga negra le quedaría mejor que pintada. El discurso es tan remanido como era de esperar, el aspecto de histérica mal cogida no se lo saca nadie, pero me pregunto que hay detrás de toda esta armadura. Dicen que tiene un matrimonio feliz, con esas tetas y ese culo harías la felicidad de un regimiento entero de beduinos en el desierto del Sahara,

con ese lomo, no me hubiera aburrido nunca de vos, si todos estos supieran que hace un buen rato que me cansé de mi marido. La última vez que me hizo vibrar estábamos a oscuras porque había aún había empresas estatales y se había cortado la luz. Ahora es cara, pero también se corta. ¡Cómo te agarraría! Primero por atrás, te abrazo todo; te beso primero, la nuca; enseguida, las orejas y luego bajo mis manitos y las concentro en

que vehiculizan y posibilitan la transparencia de los cientos y miles de contratos que a diario se celebran en nuestro medio platense y aledaños circundantes. Tiempo hubo en que pretendiose negar la utilidad social de esta profesión, mas la fuerza de la verdad resulta indomable, aún para los engreídos, necios y estultos

y en primer lugar la mía. Te agarraría por atrás, pero primero hay que sacarte la ropa. No sabría que poner primero en ese culo glamoroso y renacentista: si mi boca o mi poronga. Mientras decido este terrible dilema que atormenta mi cabecita, me gustaría que vos

esa pija que me imagino muy gordita. ¡Que suave que la siento al tacto! La rozo y se pone durísima. ¡Ay dios mio, como me excito! La chupo lentamente y me corregís, querés contar hasta

que otrora intentaron desregular la actividad y negarnos nuestra fuente de trabajo so pretexto lo supuestamente oneroso del módico 20% que grava las transacciones. Nuestro atávico, legendario y consuetudinario Doy fe, pretendiose que fuera enviado al desván de la historia con argumentos de corte economicista

me orientes en mis dudas metódicas. ¿Queres que hagamos el 69 primero o querés que te penetre? En el segundo caso. ¿Por donde? Por favor, como me caliento, que ganas de darte

69, pero no, yo quiero que me la pongas y que estemos así un rato más que largo. Imagino que estamos en mi casa, sólo nosotros en ella. Me la sacás, pero sólo para cambiar de posición. Vamos al living, al parque, a la terraza, a la cocina y cada vez que cambiamos de espacio, siento que me cogés mejor... Encima en que pensará este botarate, con ese bulto protuberante en el pantalón, ¡ay papito!

¡No pasarán! Antes que se reduzca el presupuesto público que eliminar nuestras comisiones, sostén de nuestro modo de vida por demás invariable e irrenunciable. No podemos dar un solo orgasmo por esas pretensiones de mancillar nuestra honorable profesión

pijasos hasta que nos duela tanto que caigamos exhaustos los dos ¡Que me cuelguen si no dijo orgasmo! Nadie escucha, ni le da bola al discurso. ¿Se equivocó o está pensando en lo mismo que yo?

Por dios, dije orgasmo en lugar de paso atrás. Las cosas que me provoca la excitación. Y él me parece que se dio cuenta. Debe ser el único aquí que sigue el discurso. Se dará cuenta que me calienta así. Ahora me imagino que me pone contra el lavarropas y me hace la cola, despacito, papito que duele un poco. Ahora metémela toda

que ha sabido resistir el acoso de dictadores, corruptos y oportunistas que pertinaz pero fallidamente han intentado colocar nuestra asociación profesional bajo el dictado de la sin razón, por ellos encarnada. Pero tenga por seguro la comunidad que no nos violarán

Lo que debe ser coger por la cola con esta yegua: el apocalipsis galopante, pero sin los cuatro jinetes. Después de una experiencia así, puedo morir tranquilo. Ahora dijo violarán... ¿Qué le pasa? ¿Le cambiaron el discurso? ¿Está caliente? Mamita, haceme una seña y te rescato de aquí. Primero, te saco el spray del pelo y después

Ahora dije violarán por doblegarán. ¿Nadie escucha las palabras que pronuncio? Tengo que serenarme. Si mi discurso se convierte en un escándalo sexual, puede ser la ruina de mi reputación, perderé la presidencia del colegio profesional, mis hijos se enterarían. No puedo parar, lo miro y me sigue calentando. Parece sonreirme, mi vida, que ganas de que estemos solos y estallar en gemidos sólo para vos

y proseguiremos con nuestra trayectoria impoluta y sin mácula refrendando cuanto convenio de vueltas por nuestra sociedad. Cuando una hueste de profesionales esta imbuida de su misión, nada puede deternerla. Desde el fondo de la historia, nos marcan el camino nuestros mayores, tanto los que construyeron la asociación que tengo el insigne mérito de presidir, como los forjadores de la patria toda. ¡Quiera el altísmo que se te pare

te desnudo y primero que nada y hacemos un buen 69. ¿Qué tiene que ver el eterno? ¿Que te pasa mamita? Mira como estoy por vos. Dejalo a dios tranquilo y venite conmigo, nos vamos a divertir dándole manija a tus fantasías y a las mías. Después quiero recorrer varios lugares apretándonos con desesperación y suavidad. La habitación, el baño, la cocina. La puta, como hago ahora para que no se note como acabé.

¡Que raro que es sentir un orgasmo mientras se pronuncia un discurso!

La frustración (amorosa)
tiene rostro de swinger

Vi tu nombre y tu número en una lista de contactos y te llamé. Espero no te enojes por semejante atrevimiento. Si no querés tomar en cuenta mi propuesta, lo dejamos aquí y todo bien.

Mirá, te cuento; nosotros estamos casados hace ya más de veinte años y yo soy el único hombre que conoció Laura. Al menos, eso es lo que ella siempre me asegura. Dicen que sólo los muy ingenuos creen a pie juntillas en palabra de mujer. Pero no hay ninguna duda que llegó virgen a mi con sus 18 años. De eso puedo dar fe.

En la actualidad, tenemos tres hijos, una buena casa, tres autos y un pasar holgado. No nos falta nada, o casi nada. Pero desde hacía un par de años la relación estaba demasiado previsible, como rutinizada. Un amigo me lo sugirió: ¿Y si probás un juego swinger?: por ejemplo introducir una pareja o tercero en discordia. Desde que se lo dije, volvió a ser la loba sedienta de placer de nuestros mejores tiempos. No concretamos nada, pero asegura salirse de la vaina por un trío horizontal (con otro choma más, no con una mina`). Lo prefiere a una relación con un dúo de hombre y mujer. Asegura que su fantasía inmemorial es ser penetrada por partida doble, en estereofonía. El otro día me desperté a la mañana y Laura me la estaba chupando. Después que acabé, me contó que estaba soñando que me hacía la felatio mientras el otro (¿vos?), la penetraba por atrás. Dormida empezó y acabé ya los dos bien despiertos. Entre paréntesis, no sabes el culo que tiene y como adora que se lo haga. Paradita en un ángulo de nuestro dormitorio, en posición perrito o sentándose sobre mi pija.

Mirà, esta es la foto. Es gordita, pero impresionante en la cama. ¿Te gustan las tetas que tiene? No sabes como se le bambolean cuando me la cojo. Mejor que te atraigan las rellenitas, un obstáculo menos. La idea mía es que vayamos una noche a tomar algo los tres, y si la cosa da...

¿Vos tenés un lugar? Porqué en casa es imposible, están mis hijos allí. Bulo, no tengo. He tenido relación con algunas minitas, pero siempre en telos, nada estable ediliciamente hablando. Una cosa que quiero aclararte es que si concretamos, será de nosotros dos con ella. Entre los hombres, nada. Si a vos te gusta machetearte un macho o que otro man te la de, no será esta vez, ¿O.K?.

En tres de confidencias, no me da vergüenza confesarte que me gustaría ver como la penetrás y tratar de saber- es una gran duda para mi vanidad- si goza más conmigo que con vos.

¿El viernes te parece que nos encontremos los tres aquí mismo?

Me encanta jugar. En la cama es donde se verifican los juegos más sabrosos. Y si bien nunca pasé por una situación así- siempre fui yo con dos mujeres o con mi niña y otra pareja- la idea no me disgusta para nada. Lo importante aquí, chicos, es comprender la dimensión lúdica; es decir, el juego y el placer mutuos.

Laura, serás la reina de la noche y el placer para vos no tendrá techo, así como nos prodigarás a ambos sensaciones que cada uno desconocía por su lado. En la instancia que vamos a vivir se verificará una vez más aquel principio científico: el todo es algo cualitativamente diferente a cada una de las partes, aún sumadas.

En principio, ¿Están convencidos del paso que vamos a dar o en la fantasía que les dinamizó el placer se agota todo? ¿Lo hablaron suficientemente entre ustedes? En la semipenumbra de esta confitería, siento que el deseo crece en el brillo de tus ojos, Laura. Es perfecta la simetría entre el rojo del cigarrillo, cuando das la chupada, y el brillo de esos hermosos faroles felinos. ¿Me equivoco o la ansiosa tensión del cuerpo de Edgardo presagia que no ve otro programa mejor para gozar la noche que ir los tres ya mismo hacia el escenario del placer? Pero una cosa es la fantasía, los ratones, la imaginación y otra dar el paso correspondiente

A unas cuadras de aquí hay un telo que permiten entrar a más de dos. Tiene cama amplia, la habitación está totalmente espejada, la música es superlativa y hay también un jacuzzi mejor que una pileta de natación. El turno son cuatro horas, podemos entretenernos bastante, ¿verdad? Fue el escenario de algunas de mis mejores hazañas amatorias, como cuando me acosté simultáneamente con Liliana y Graciela, dos mujeres inolvidables de deseos siempre crecientes hasta la insaciabilidad. Era la revolución (sexual) permanente. Después, si quieren, les cuento detalles.

Me gustaría que opinen ustedes también, pero a mí, el primer juego que me gustaría es una buena chupada en el jacuzzi. Un poco a cada uno, para que no acabe ninguno. A mí me encanta que- mientras lo hacés- me metas el dedo envacelinado en el ano. No sé si ustedes juegan así habitualmente, pero no tiene nada que ver con una oculta condición gay. Los hombres gozamos mucho por ahí, en razón de la cercanía de la próstata.

Una precondición ineludible para que la pasemos bárbaro es la justa y sabia medida entre el sereno placer y el desenfreno. Ahí mismo venden una crema que resulta muy útil por sus efectos lubricantes, excitantes, saborisantes y balsámicos. Y todo eso en un mismo producto. Parezco un promotor publicitario.

Nunca imaginé un fin de fiesta igual. Fue debut y despedida. La conversación en la confitería fue suave, cálida y de ritmo creciente. Después de un rato, ya sentía que hervía y la humedad me traspasaba el pantalón. Les urgí a dirigirnos al hotel.

El lugar es sencillamente indescriptible. En la habitación esperan un champagne, copas y.. algunos aparatos. Música sensual, luces en movimiento, la calidez que le brinda la madera al ambiente; tiene todo lo necesario para pasar veladas de excepción.

Me saque la ropa y les pedí brindar primero. De reojo observaba mi imagen en los espejos. Era una reina. Edgardo sirvió tres copas y Alberto me abrazó desde atrás. La calidez de sus manos resultaba prometedora, pero, oh sorpresa, en mis nalgas percibía una flaccidez absolutamente fuera de lugar. Mi marido miraba con cara de bobo y lucía su armamento también por debajo de la media asta.

Los acomodé a los dos en el sofá y me senté en el medio. Me consideré toda la vida mujer de habilidad manual; de modo que, manos a la obra. Nada, ninguno despegaba de una mustia y franciscana pobreza. Me agache y lo empecé a chupetear a mi esposo. Se había olvidado por completo de los más de 20 años en que una fellatio mía lo hacía excitarse más que la mejor película porno. Alberto se limitaba a acariciarme el culo, como quién palmea una mascota.

Pero lo peor vino cuando quise chuparsela a él. No sólo el boludo la tuvo tan muerta como toda la noche, sino que parecía aburrirse. En el mismo tono fueron las dos horas que permanecimos allí: yo desplegaba mis mejores armas, ellos, la mayor sequedad. Nos fuimos a la mitad del turno…

El grito
Sagrado

Alexandra llegó al festejo de su tercer década arrastrando una inexplicable e intima anomalía: era desdichadamente virgen. Lo peor, por sobre todo, era que su desconocimiento de los rituales de Eros y Afrodita se daba manifiestamente en contra de su voluntad. No llegaba a convertirse en un dolor lacerante porqué aún no había experimentado las sensaciones que descubrió a partir de la invitación de su amigo Oscar, el punto final para el oprobio de su ignorancia de los placeres eróticos. Pero vayamos por partes, tal cual oportunamente dijera en otras condiciones, un inolvidable Jack el destripador.

La joven se debatía entre la herencia de una educación ultracatòlica y absurdamente moralista, en absoluta contradicción con sus deseos que abríanse paso en su ser de modo absolutamente arrollador, mas con cierta ingenuidad inexplicable para una mujer que ya había superado su trigésimo onomástico. Fue en dicha situación que llegó el convite referido líneas ut supra por parte de su amigo de marras. Se trataba de ver *El rey León* y estrenar así el equipo tecnológicamente de punta para el cine hogareño, reciente adquisición. El susodicho no tuvo mejor idea que encubrir sus verdaderas intenciones, más cercanas al estilo XXX que al mundo de Disney, pero era claro que se trataba nada más que de un pretexto. Era parte del juego realizado por ambos jóvenes en el cual coincidían implícitamente.

Alexandra llegó puntual. Se sentía conmocionada, pues presentía que esa tarde viviría un rito iniciático. Porqué su cuerpo y su mente atravesarían sensaciones hasta entonces desconocidas y pensaba que ya no sería igual, ni ella ni su vida. Por cierto, estaba en lo cierto.

Entró en el monoambiente portando un paquete gigante de papas fritas y una coca de dos litros. Su aspecto demostraba un voluntario y estudiado desaliño: jeans gastados y zapatillas. Pero el escote mostraba generosamente sus pechos magníficos y era una tentación para pasparse los labios hurgando en tan maravillosa inmensidad. El joven se excusó para pasar al excusado y en menos de un instante emergió enfundado en un coqueto kimono, bata o vaya a saber que. Lo que si sabía Alexandra es que le quedaba de película y que el pronunciado bulto que a Oscar se le sugería entre las piernas no era una joroba ni un tumor.

¿No íbamos a ver una película?, alcanzó a musitar la inminente ex Vestal. El joven la atrajo hacia su persona y en el abrazo, la niña comprobó que bajo el kimono no había nada de ropa interior. La pija le provocaba una oscura y sonora excitación traducida en gemidos, que trataba de reprimir vanamente. Sin decir palabra y sin quitarle la ropa, Oscar logro que la ingenua se arrodillase y colocara sus labios en el miembro correctamente y convincentemente erecto, como ordenan los cánones más antiguos del arte de amar, entre ellos, un muy célebre *Tratado del coito* del pensador Hispano Hebreo Maimónides (1135-1204). El susodicho filósofo afirma- en un texto médico diverso al citado- que para que el pene adquiera la robustez tan deseada tanto por feminas como varones, es menester evitar alimentarse con melones, pepinos, lechuga y vinagre. Antiguallas, pensaría el improvisado amante que desconocía la obra del heterodoxo judío citado. Había resuelto el problema con la ingesta de una pastilla de viagra, nombre popular del muy famoso sindenafil parapitolensis, sustancia desconocida en toda la edad media, oriental u occidental.

"¡Quiero llegar virgen al matrimonio!", protestó sin convicción. *"Te la chupo y nada más".* Por toda respuesta, el joven le introdujo firmemente el sexo hasta la garganta y a continuación, en un movimiento hacia atrás, lo saco; para volver a repetir el juego sin prisa y sin pausa.

Alexandra interrumpió para decirle: *"Me quiero sacar la ropa"*, cosa que realizó con enorme rapidez. Sólo se dejó la tanga negra que realzaba sus nalgas, espaciosas como columnas jónicas. Así (des)vestida lo llevo hasta el sofá y sin quitarle la bata se la chupó hasta que el falso exhibidor cinematográfico acabó con un alarido de placer.

Mientras llegaba dicho instante, la joven se preguntaba como sería sentir el sabor de su orgasmo, por ello, pese a la gallardía de él que avisó lo que le pasaba, bebió golosa el líquido pastoso y viscoso que brotó en abundancia, como no podía ser de otra manera. Es que Oscar venía de una etapa abstinente digna de un presidiario.

Por un instante, quedo azorada meditando en la terrible posibilidad de permanecer virgen, por los siglos de los siglos. Pero fue una probabilidad más que remota. No habían pasado ni quince minutos cuando el miembro volvía a recuperar vigor, al tiempo que los besos del joven se hacían más intensos. Se las arregló para quitarle la tanga con la boca y casi en el mismo acto comenzó a retribuir lo que la joven había hecho por él hacía tan poco. Fue así que profirió el primer grito sagrado de toda su vida; *¡viene!,* dijo Alexandra. Se refería al orgasmo, claro. El alarido pareció sacudir los cimientos del edificio, pero la música ambiente diluyó su impacto entre el vecindario consorcial. Oscar no le daba respiro, la colocó en cuatro patas y la penetró con suavidad y vigor. Era un verdadero maestro. La pérdida de la virginidad. Le acarreó tres sonoros gritos sagrados más. El acabose de él los llevó a retozar plácidamente tomados de la mano, pero no por mucho tiempo. La joven fue a buscar coca y cuando volvió con el brebaje y los vasos, el pene había retomado lo que aparentaba ser una dureza francamente primigenia.

Alexandra vivía- aunque no conocía ni la noción, ni menos la palabra que la designa- la dichosa condición de ser multiorgásmica. Vivió muchísimas madrugadas, mañanas, tardes y noches como esta del debut que evocamos. No tenía una hora favorita para vivir su sexualidad. La sola frustración de la jornada consistió en que Oscar, ni ese día, ni ningún otro de todas las ocasiones que lo hicieron, logró franquear mas que con sus dedos la fortaleza posterior. Tuvo que acostarse con un abogado sesentón para develar un misterio que la excitaba. Por atrás también había gritos sagrados.

Si bien persiguió toda su vida la finalidad de fundar una familia, nunca dejó de gozar de los gritos sagrados. Llegando a la cuarentena, contrajo enlace con un hombre algo mayor (casi tres décadas) que ella. Era un caballero en todo el sentido de la palabra con el cual tuvo dos hijos gemelos a poco de los esponsales. Su marido le proporcionó amor, protección, estabilidad emocional y seguridad económica. Pero, por cierto, no era un hombre con las condiciones como para contener totalmente las ansiedades de nuestra protagonista. Vivió entonces un nuevo dilema. ¿Mantendría el juramento de fidelidad- un imperativo existencial y ético para ella- o daría libre impulso a sus deseos y fantasías? No responderemos aquí como resolvió la duda metódica de marras. Tal vez, esta temática sea motivo de otro relato.

Confesionario
erótico

Ave María purisima.

Ella era puríma, no yo.

Sin pecado concebida, debías decir.

Perdone mi desorientación padre, estoy muy conmovida. Ya que estamos en el tema ¿Realmente se pude concebir sin pecado?

Tal es una columna basal de nuestra fe y religión. ¿Tienes dudas de nuestra madre la Virgen María?

Luego se lo respondo. ¿Y se puede pecar sin concebir?

Sólo en los marcos del matrimonio debidamente bendecido por nuestra iglesia. De otro modo, todo contacto sexual asume el horrible rostro de Satán y ofende a Dios.

¿La pija de Alberto es un instrumento demoníaco?

¿Qué has dicho?

Nada, únicamente pensaba con voz tal vez demasiado fuerte. ¿Y es entonces imposible pecar sin concebir?

¿Pero esto es una confesión o una clase de educación sexual? Tú eres soltera. ¿Por qué te preocupan tanto estas cuestiones? Vanos a lo central, Creo que has pecado.

Si padre.

¿Es un pecado de la carne?

Sí, por fortuna.

¿Cómo te atreves a felicitarte de acciones que ofenden a nuestro Padre eterno? Relátame con detalle los hechos. Desde el comienzo, por favor.

Una amiga mía, no me atrevo a nombrarla, comenzó a salir con un operario de la Fundición, bastante atractivo el muchacho.

¿Son asiduos concurrentes a misa? Prosigue.

Ella lo conoció en un baile, cuando llego el momento de los lentos, le apoyo una maquinaria realmente apetitosa.

¿Cómo lo sabes?

¿Cuento el principio o el final?

Tienes razón. Prosigue el relato con la minuciosidad del investigador jurídico, si te fuere posible.

Durante la danza mi amiga se excitó sobremanera. Fueron al patio y se besaron, pero no contenta con ello, le comenzó a apretar el miembro con su mano deseosa.

Hazla venir aquí, le confesaré y daré consuelo por sus pecados.

Me parece que no desea consuelo a sus pecados y que ni siquiera son tales para ella.

Continúa.

Bien, lo de esa noche no podía finalizar de otro modo que como terminó. Comenzaron teniendo sexo en al auto de é, se dieron con todo luego en un hotel y hasta la penetró en el zaguán de su casa a modo de despedida.

¡Qué aguante!, perdón, cuanto derroche de pecados. Más bien quise decir que temo que ellos no alcanzarán la salvación.

Pero lo peor que ella me contó todo y despertó de ese modo en mi el pecado de la envidia.

¿Envidia?

¿Debo aclarárselo padre? Envidia de ser sometida al mismo tratamiento. Mientras ella me lo contaba, mi cabeza volaba con imágenes afiebradas. Padre ¿Por que será que entre mujeres llamamos la cara de Dios a una buena poronga?

Me parece que a tus pecados cuasi confesados debemos añadir herejía y blasfemia. ¿Es que acaso imaginas a Dios como un hombre desnudo? Al menos respeta su casa.

Padre, si no le pregunto a usted. ¿A quién?

Si, es bueno que me tengas confianza para que te desasne, pero algunas inquietudes tuyas parecen más expresión de una actitud sobradora que de verdadera inclinación por el saber, que por cierto no es otra cosa que la contemplación de las cosas divinas.

Eso era lo que yo quería: contemplar esa cosa tan divina. Yo se que es la peor envidia querer sacarle el macho a una amiga. Pero yo no quería quitárselo; sólo que el me hiciera a mi lo mismo que a ella.

Habrá que agregar pecados, superarás los siete capitales e irás por los provinciales, nacionales, continentales y globalizados, para peor. Lujuria, concupiscencia, gula, envidia.

Pero yo vine a las escuelas de la parroquia, me enseñaron a compartir.

Si, pero a una poronga; perdón, un hombre pecador no estaba en el inventario de bienes a compartir. No se si una errada decodificación de una enseñanza puede encuadrarse como pecado. Pero con los que ya mencionaste tenemos bastante. ¿Te limitaste a lo imaginario, quiero creer, o llevaste a la práctica tus desordenes?

No padre, lo provoqué hasta que me vio y luego me dio todo lo que le brindó a ella. Me confieso porque mi educación influye. Pero ¿Quiere que le diga la verdad? Me gustó mucho. Tiene una poronga de ensueño y sabe usarla muy bien.

Pero ¿Acaso no te da vergüenza enorgullecerte de tamaña colección de pecados?

Ay, si usted supiera padre todo lo que hicimos.

Deberás relatármelo todo, con lujo de detalles para expiar tamaña perdición por la senda satánica.

¿Cómo me lo levante o como lo hicimos?

Todo.

Ni puede imaginarse donde empezó todo. Aquí, en misa.

¡Por dios nuestro señor, por su hijo, por la virgen y por todos los santos! ¿Aquí se consumó semejante pecado?

No, padre. No me atrevería a tanto ni aunque fuera el último macho del universo. Aquí lo miré provocativamente, le tiré unos besitos y al salir, me siguió.

Mujer impía. Seguramente arrastraste a ese pobre hombre a tu lecho de serpiente.

No, más bien fue por propia voluntad. Y no lo arrastré, fuimos juntos, en el auto de él En realidad, salí de la iglesia caminando despacito, para que me alcanzara. Y no tardó casi nada. Me invitó a tomar algo y subimos a su coche para alejarnos un poco.

Hasta allí, nada irreprochable. Pero seguramente lo provocaste.

¡Padre, el me besó primero! Recién entones se la agarré y ya estaba durísima.

¡Por Sodoma y por Gomorra! ¿No habréis fornicado en el auto? ¿En plena vía pública?

No, en el coche se la chupé, nada más. ¡Que rica! Pero nadie vio, estábamos muy apartados. Después fuimos a un hotel.

Ah, Ah.

¿Jadea padre?

No, no. Me asombra como puedes hacerle sexo oral a un hombre en plena ciudad y no ser vistos. Si te hubieras limitado a eso la penitencia sería menor, pero fuiste por mas...

Es que estaba muy caliente padre.

Entonces no contenta con tu condición de pecadora, sometiste a ese hombre ingenuo al horror de arrastrarse por los senderos de la perdición.

Y... un poco nos arrastramos por el suelo, pero la mayoría fue en la cama. Pero la verdad, padre si Alberto es ingenuo, yo soy la virgen María. No sabe con cuanta sapiencia me puso en el sillón de rodillas y me la clavó por atrás. Nunca me habían hecho la cola. ¡Y es tal lindo!

Ah, Ah. ¡Horror de los infiernos! ¿Cómo puedes ofender a la madre de Dios mezclando su sagrado nombre en medio de tus relatos impíos? El coito anal se halla expresamente interdicto en el derecho canónico. Ni aún en los marcos del sacramento matrimonial te la pueden dar por atriqui. Perdón, pero ¿Has entendido?

Padre, no sea tan duro conmigo. Vengo por un consejo. No puedo entender como algo tan lindo pueda ser considerado pecado. ¿Sigo contando?

No, más bien puedes irte. Debo pensar tu penitencia para aliviar tu alma desdichada.

Blues del Amor
(Gemidos en un cuarto de hotel)

La mañana es un movimiento de una suite de Edward Gryeck que se adapta perfectamente al mismo momento del día en la vida de un clásico matrimonio de clase media: Lo llamativo es que transcurre con morosa lentitud. Mariano duerme plácidamente, con un ronquido casi imperceptible pero constante y continuo, dejando pasar otro día más, irrecuperable en su vida, tan sin sentido como todos los anteriores y seguramente los que vendrán. Él trabaja por cuenta propia, sin horario fijo, por lo cual su rutina cotidiana tiene un solo responsable: él mismo. En estas actividades hace lo que mejor sabe o sea lo que mejor le sale: ganar bastante dinero. El suficiente para mantener un cierto nivel de vida envidiado por casi toda su parentela and relaciones varias y poder afrontar los gastos de su familia compuesta por esposa (que lo engaña) y cinco bellas hijas mujeres a las que adora. Todo el diálogo que falta con su mujer, él lo tiene con sus femeninas descendientes, la luz de sus ojos. Sólo falta que sus polluelas le confesaren sus respectivas y más que intensas actividades amatorias, cosa que no hacen siquiera con su madre. De todos modos, todo esto, él lo presiente.

A su lado, Anita, su conyugue perfecta, despierta y observa a su alrededor. Se acaricia y acomoda el pelo rubio (teñido) y ensortijado, bosteza y toma conciencia de su realidad. Siente su rutinario ronquido y se formula la misma pregunta una vez más, como tantas veces a lo largo de más de dos décadas: *"¿Que he hecho yo para merecer esto?"*. Se levanta casi de un salto y el espejo le devuelve la imagen de su cuerpo. No está nada mal para el medio siglo que carga a cuestas. La tanga negra remarca la blancura de su piel y la sensualidad de sus formas. La ausencia de corpiño resalta la generosidad de sus pechos. Se presiente deseable y habida cuenta de esta situación, se viste.

Pese a esta molesta presencia (la de su marido), mira por la ventana y nota que el día es bellísimo. Esto le genera entusiasmo y su pensamiento vuela hacia Roberto, el factotum de su alegría. Piensa en su enorme ternura, particularmente cuando se aman en diversos cuartos de hotel. En tres años de tan secreto como prohibido romance, han recorrido gran parte de los albergues transitorios de la Capital Federal. Hace más de cuatro días que no van y no se ven. La invade una inquietud particular, fruto de la excitación. Piensa en su amor, desnudo, con su miembro elevado a la máxima potencia y deja escapar un gemido. Ahora mismo siente que él está a su lado acariciandola suavemente, como sólo el sabe hacerlo, para luego penetrarla. Esta evocación le levanta el animo. Lo mira a Mariano y vuelve a ensombrecerse su semblante. Es una contradicción que no puede superar: ella, que ama tanto la naturaleza, un día de radiante sol está esperando para encerrarse en la cálida, acogedora, ardiente oscuridad de un cuarto de hotel. Por no hablar de la otra gran dicotomía: amar a un hombre y convivir con otro. Una vez en el cálido refugio donde se manifestarán a sus anchas, Roberto le propondrá los infinitos juegos que él conoce a la perfección para elevarla a las cumbres más ardientes del placer. Pero hay uno que en esos momentos a ella la conmueve más que ninguno. Cuando su hombre sea apronta para degustar de su sexo. Pone un compact de Ray Charles y la sugerente voz del cantante negro prolonga el goce que siente imaginariamente pero también su inquietud. La invade la impaciencia. Aún faltan más de cinco horas para que estén al fin a solas y se prodiguen todo lo que el deseo les depare en otra venturosa tarde de placer, de aquellas que no desea que finalicen nunca.

A la espera del momento de encontrarse con su amor, Anita observa y recorre con todos sus sentidos la escena circundante. La siente en el silencio (oido); la huele en el aroma a rancio (olfato); la percibe en el sabor insulso de la presencia de su esposo (gusto); la observa en la escasa emoción que le depara una caricia o un contacto con ese hombre (tacto); la observa y siente por él idéntico apasionamiento que genera una naturaleza muerta (vista). Ningún matiz, ninguna impronta de amor, ningúna señal que demuestre aunque sea un mínimo afecto. El dormitorio, ámbito silencioso, testigo mudo de la indiferente y monótona convivencia cotidiana que transita este matrimonio común- como tanto otros- de casi tres sufridas décadas. No hay espacios para la pasión. Mira a Mariano y frente a él se siente una virgen en pleno delirio místico. Ya ni recuerda la fecha en que contrajo enlace y no puede entender porqué se clausuró con ese matrimonio desdichado para el verdero amor. En realidad, la clausura fue tal vez demasiado larga, pero al fin sólo sufriño la transitoriedad implícita en el tiempo que necesitó para procurarse un amante.

La rutina, el desapego han invadido el espacio físico, pero tambien un espacio que no es físico, casi virtual pero que se siente pesada y oprobiosamente en el aire y en la piel. Se vuelve a preguntar qué ocurrió para llegar hasta esta situación. La respuesta surge inmediatamente para una mujer acostumbrada a la autocrítica auxiliada por años de sesiones en el consultorio de su psicoanalista (yo): inseguridad, prejuicios, temores propios y ajenos, falta de autoestima, tal era su balance. Todo suma a la hora de hacer el raconto de su vida y también- porqué no aceptarlo- es muy duro ganarse la vida todos los días. Un marido puede ser aburrido, pero si gana plata es una seguridad mínima en una realidad tan impiadosa como la que sufren muchos de los habitantes del gran imperio de las pampas sureñas.

Mariano es un paquete que todas las mañanas implica simultáneamente las sábanas mustias- hasta en ellas se percibe la indiferencia de la convivencia forzosa- los erutos, los ronquidos, los exasperantemente regulares pedos con que él saluda el final y el inicio de cada día, el desayuno, el almuerzo, la merienda y la cena. Pero lo peor su intento recurrente de charla caracterizado por el murmullo permanente de comentarios carentes de interés, laxos, tan vanos como previsibles y vacios. Van desde lo difícil que es ganar dinero a lo sencillo de gastarlo. Todo en él resulta consabido, y, por lo tanto, aburrido por demás.

Es joven aún y se mantiene en buen estado físico, producto de una actividad deportiva constante y siempre igual a si misma, como todo en su persona: joggimg, abdominales y otras rutinas gimnásticas, baño turco, caminatas regulares y metódicas, pero ninguna apertura al juego placentero. En los deportes, por no hablar de otras instancias de la vida. A esto le suma una alimentación dietética mezclada con cuidados estrictos, resultado de un atávico y exagerado temor a las enfermedades típicas de la edad adulta. Además, entre sus diversos defectos, es un hipocondríaco de primer orden. Esto se manifiesta plenamente todos los días y se le agiganta con el transcurso del tiempo. Por ello, al no tener cama con su esposa, no la tiene con ninguna otra dama, entre otras cosas, por temor al S.I.D.A. Como decíamos, vida sexual practicamente no tiene, salvo que pongamos bajo este rótulo la cotidiana autosatisfacción que se brinda durante la ducha matinal. Es el único exceso que le es (auto)permitido. En estas veladas imaginarias es un amante insaciable que brinda satisfacción a todas sus vecinas del barrio- un conjunto de maduras pero aún atractivas señoras, a las que él imagina fatalmente cansadas de sus conyugues, como acertadamente cree que está la suya de él. Inclusive, penetra incansablemente- en sus fantasías- a la joven novia de su mejor amigo. Por lo demás, se ha volcado a la abstinencia, no por elección propia sino por limitaciones personales. Siempre le costó abordar a una mujer. ¿Que pensaría si pudiera observar la escena de su esposa cuando practica el sexo análmente con Roberto? ¡Cuanta felicidad hay en los gemidos y el rostro de Anita cuando el miembro de su amante ingresa en la fortaleza que a él se le negó durante toda la vida! Tal vez, algún día yo hable de estos complejos de Mariano, si su esposa acepta finalmente relatarme algo más acerca del tema.

Pero hoy otras ideas convocan el pensamiento de Anita. Ella esta muy excitada, como es habitual cuando piensa en Roberto. Ël es todo para ella: el amor y la poesía; el deseo de

72

una charla compartida y el sexo salvaje como lo practican cada vez que pueden. Sus juegos amatorios incluyen una moderada dosis de sadismo, que él sabe aplicar sabiamente, bajo la forma de una presión constante ligeramente dolorosa sobre los pezones de ella o mordiscones suaves en diversas partes de su generoso cuerpo. Este dolor de ningún modo excluye el placer, más bien al contrario, es la precondición de un goce más apasionado y plenamemte compartido. La mencionada dosis de sadismo se complementa con la penetración anal con que inevitablemente concluyen siempre las veladas amatorias. Anita finge no aceptar el miembro en su orificio posterior, habida cuenta de la tremenda dureza que le ocasiona un cierto dolor, pero en realidad es el momento más febrilmente anhelado por ella. Además, algunas veces utilizan una prótesis para jugar a la doble penetración. Ella adora esta situación y por ello, Roberto le ha ofrecido incorporar a otro hombre a la cama para realizar la referida doble penetración. Anita no lo desea, sólo quiere ser amada por él. Inevitablemente, cuando piensa en su adorado amante, su mente vuela al recuerdo de este hombre afortunado y todo su cuerpo se estremece de deseos. Si no se encontraran en ese mismo día, ella fatalmente debería proponerse alguna forma de autosatisfacción, habida cuenta de la enorme calentura que la agita a medida que transcurre el dia y se acerca la hora.

Cada tanto, Mariano deja ver su condición de hombre sexuado con una erección de proporciones; pero a Anita le resulta indiferente, prisionera como esta del recuerdo de Roberto. Con él aprendió a vivir plenamente como mujer, a gozar, a dejarse llevar por ese fluir maravilloso que es el abrazo pasional, cálido, jadeante, que concluye en distintos juegos que invariablemente conducen al orgasmo. Cierta vez departían en una confiteria oscura y la excitación les jugó una mala pasada. Comenzaron a toquetearse y perdieron la compostura. Los gemidos fueron tan estridentes que llamaron la atención de los demás clientes, que no obstante supieron comprender. Ella se iba al baño a limpiarse la cara coloreada de semen, cuando se prendieron todas las luces del lugar. El recato de Anita quedó sepultado en el fondo de los tiempos. Todo esto lo consigió con el hombre que la obliga a cerrar los ojos para imaginarse en sus brazos, aún cuando él no esté presente.

El día que se conocieron, hace ya más de tres años, cuando un mediodía quizo Dios-inexistente para él- que estos dos mundos se encontrasen y se reconocieran para quedarse enfrentados y expuestos uno frente al otro sobre la mesa de un bar cubierta por papeles, libros, celulares y la computadora portatil de Roberto.

La timida ingenuidad de Anita- ansiosa, llena de interrogantes, temores y deseos, pero que presentía que este hombre era para ella- quedó a sus pies en esas cuatro horas de charla, que, por otra parte, transcurrieron como una exalación.

Él se mostró avasallante, seductor, seguro de si mismo, casi petulante. Ella estuvo en una tímida actitud defensiva, mientrás él desplegaba todo su arsenal verborrágico, desarrollando un relato fantástico y pletórico de distintas sugerencias y promesas que demostraban su enorme creatividad para cautivar a una inocente mujer. Parecía estar habituado a invitar mujeres solas a su mesa, como hizo aquella vez con ella. Después le confesó que era un método habitual utilizado habitualmente para iniciar nuevas relaciones.

Anita, a pesar de su timidez, dejó notar cierta alegría por el momento que vivía, pero no le contó que hacía varios años que no intentaba seducir a un hombre, tantos que ni siquiera recordaba cuantos. Además, le ocultó que se había olvidado de como se hacía el amor. Por motivos que no hacen a este relato y que tal vez sean motivo de uno próximo, se había autocastigado por más de diez años de abstinencia en los placeres de Afrodita y Eros. Él- cierto tiempo después, cuando lo supo- se mataba de risa agarrándose la cabeza mientras le decía: "*¡Que desperdicio!*" Pensaba en el cuerpo de Anita moviendose y gimiendo incansablemente al ritmo de sus deseos y no podía concebir tamaño sacrificio... y desperdicio.

La dama, inminente adúltera, intentó, durante toda la charla, mostrar una presencia cuidadosamente ensayada, medida, analítica, en gran medida distante. Pero todo era inutil, él controlaba la situación con estudiada suficiencia, mientras ella sentía crecer dentro de sí un deseo arrollador que sólo podía acabar en la cama.

Tiempo después, relatando estos hechos con su analista, Anita pudo comprender que él- Roberto- era algo así como una araña que iba tejiendo su telatrampa simultáneamente, al ritmo vertiginoso pero previsible de la charla, sin desaprovechar imagen y sonido, incorporandolos en su paciente labor de orfebre del verso, tal como el mismo se define.

En realidad, ya no sabía que le estaba diciendo este hombre de verba tan audaz, como atrevida y sensual: lo cierto es que la invadía la turbación.

Ella comenzaba a estar tan cautivada y tan caliente por su persona (la de él) que ni siquiera podía reconocerse a sí misma. En un momento, su inminente amante le pidió que se sentara a su lado. Anita, fascinada, obedeció. Entonces ocurrió lo previsible, antes que ella pudiera reaccionar, la besó intensamente y a la vez con enorme dulzura.

Llegando a este punto, el relato de Anita se vuelve reflexivo formulándose interrogantes acerca de la - para ella- conducta más que disoluta de su amado:

"¿Qué busca él permanentemente en todas las mujeres que lo han deseado? ¿Por qué esta persistente carrera de frivolidad, de superficialidad, urgando en cada seno recorrido con manos temblorosas, ansiosas, degradando tan salvajemente lo mejor de él: su enorme capacidad de amar?"

Después del beso, le propuso ir a hacer el amor. Ella no lo podía creer y se lo dijo. No hacía ni cuatro horas que la había invitado a su mesa, recien se estaban conociendo. Pero el audaz intento de él la había dejado conmovida, practicamente paralizada. No pudo rechazar esos labios tan dulces, pero se quedó rígida como una estatua. Él le dijo sonriente:

"En estos casos, o te prendés o rechazás el beso. Pero nunca me pasó que me besen, mientras la mujer se queda tan dura, como te ha pasado a vos. Podrías abrazarme o haberme dado una cachetada."

Ella no puede recordar, hasta hoy, que palabras utilizó para responderle, ni con exactitud, ni con aproximación. Pero estaba aturdida porqué el deseo comenzaba a invadirla, desde la cabeza hasta una parte muy particular de mi cuerpo. Él hablaba y hablaba, pero ella ya se lo imaginaba desnudo, penetrándola.

Tiempo después de este dichoso comienzo, en una de tantas sesiones, Anita me contaba:

"¿Por qué adoro sus manos que me tocan, me recorren, me aprietan fuertemente cada vez que se posesionan de mi cuerpo, cada vez que la pasión entra en nuestro mundo, acariciandonos la piel, recorriendo cada rincón de nuestro ser, invadiéndonos la mente y los sentidos para mostrarnos del modo más sencillo la alegría irrefrenable de dos almas que gozan con su amor? ¿Por qué el universo entero desaparece cuando entra en mi mente y en mi cuerpo la imagen de ese hombre que me hace el amor con la fortaleza y la perfección de un atleta helénico, la serenidad de un filósofo antiguo y y la frescura de un niño?"

No pudo- en realidad, no quiso- negarse a ir al hotel ese mismo primer día. Por suerte para ambos, porqué así comenzó esta historia maravillosa. Seis horas pasaron más que rapidamente en una fiesta interminable. Ella salió del baño- muerta de deseo y de verguenza- cubierto todo su cuerpo enorme y sensual aunque algo excedido de peso con una toalla. El la esperaba de pie, desnudo y con su pija paradísima. Rapidamente se arrodilló frente a su amante y se la chupó sin pausa y sin prisa hasta hacerlo acabar gritando de placer. Después, hicieron el amor intensamente, pero casi en silencio. Lo hicieron en diversas posiciones y la última relación él la penetró analmente. ¡Que dulce era sentir su miembro tan duro entrando y saliendo del dilatado orificio anal, mientras todo su cuerpo se estremecía temblando de placer! Cuando hicieron el sesenta y nueve, su lengua penetraba con idéntico furor que su miembro. Desde entonces él es un amante incansable y maravilloso. Mientras ella descubre siempre en la relación nuevas resonanacias, a las que creía olvidadas desde sus épocas de jovencita veinteañera que no dejaba títere con cabeza.

Antes de todo esto y también después, Anita continuó formulandose distintas preguntas: *"¿Amarlo es vivir en una dulce perdida constante? El primer día, después de cada orgasmo, lloré silenciosa e imperceptiblemente. Nunca supe bien porqué. ¿Tal vez, será sólo la resistencia a desprenderme de Roberto? ¿O quizás no deseo que llegue nunca ese terrible momento en que me separo de él y dejo de entregarme de lleno a sus caricias, al amor correspondido por igual, sin limitaciones, desnudos los dos, alejados de las miradas indiscretas del mundo?"*

Lo que probablemente ella no puede poner en palabras es que la mujer al amar, y en especial en cada orgasmo, entrega algo muy intenso, profundamente guardado, poco conocido por ella misma. Algo que viene del fondo de su propio existir, y, que a la vez, es físico y psíquico. Tan intensamente humano como que cuenta con una enorme carga simbólica: mientras el varón es más cercano a cualquier animal, las hembras cuando aman se elevan casi a la condición de diosas.

Haber logrado recuperar estas sensaciones y estos pensamientos mismos se lo debe a Roberto. Sin su amor, antes de conocerlo y abrirse con él, sus deseos dormían en un recóndito desván de su alma, estaban horriblemente vacíos. Por ende, reconoce detrás de cada lágrima que deja correr hay algo muy importante. Esta lagrima no es una pérdida, es un logro más en la búsqueda de la felicidad y la dicha que ya no es una lejana quimera, si no que está al alcance de la mano, en la cómplice oscuridad de los hoteles. Que frecuentan.

Anita no se cansa de subrayar la importancia que el amor recuperado tiene en su vida: *"Creo que con su amor aprendí a permitir que se desprenda de mi interior una parte vital, íntima; un pedazo de mi ser que se va para siempre de mi vida a formar parte de otro ser, a unirse a otro desprendimiento de él, de Roberto, este hombre singular que hace posible este sentimiento porque me ama y me coge, y, cuando me coge, me hace sentir que soy una diosa inmortal".*

Ella presiente y reconoce que él es el elegido, el dueño de su amor y sus mejores pensamientos. Es muy frecuente que Anita despierte de madrugada, envuelta en transpiración, agitada y abrazada de excitación. Es en estas ocasiones que lamenta decisivamente que cada uno mantenga sus respectivos matrimonios. Desearía no tener a su lado a su esposo y poder satisfacer los urgentes desos que la desvelan con su amante. Él es el demiurgo de estos pensamientos sublimes y sensuales que provocan su insomnio y le permiten sobrellevar la gris cotidianeidad, aunque es común que no le permitan dormir todo lo que necesita. Al mismo tiempo, a ella le cuesta comprender que importante es la relación para él, para Roberto.

¿Cómo aprendió esto? Hace bastante de esto, amándose desesperadamente en un cuarto de hotel, mientras llegó el orgasmo, Anita gimió largamente por primera vez, mostrando así una faceta celosamente guardada dentro de ella, vaya a saber por qué razón durante tantos años. A pesar de todo; este instinto se mantuvo silencioso, vergonsosamente oculto. El no lo dijo, pero, ella igualmente lo supo sin mediar notificación de su amado, adora a la mujer que gime incansablemente en la cama. Desde entonces, cada vez que hacen el amor es una sinfonía de sonidos sensuales.

Ahora sabe sin ninguna duda que Roberto es el Hombre para ella. No importa que cada uno viva en otra casa y que duerma con otra persona, sostengan cada uno otra familia diferente, no importa que él deba cumplir con las obligaciones impuestas por su matrimonio, particularmente con su esposa. En cambio, Anita no debe cumplirlas, hace años que dejó de hacerlo. Sabe que hay algo íntimo de él, que no comparte con nadie, aún cuando deba compartir su cama, parte de sus insaciables iniciativas sexuales y la propia cotidianeidad con otra mujer, su esposa, obviamente.

Viéndolos compartir una cena es obvio que se desean, se necesitan, se buscan, se leen, se recorren, se encuentran, se aman, se posesionan, se besan, se urgan, se mecen, se adormecen, se despiertan, se presienten, se excitan, se anidan, se entregan y viven aún cuando no estén juntos. En este caso, el recuerdo y la imaginación reemplazan al contacto inmediato. Nunca conocieron la dicha de compartir una noche integra juntos. Por eso desconocen que es el amanecer desnusos y abrazados uno junto al otro, mientras descubren que pueden amarse una vez más.

Son hombre y mujer que acariciarán sus cuerpos, se reconocerán hambrientos el uno del otro, después de varios días de ausencia visual, de no presencia física, de no palparse, de no unirse en esos besos interminables, de no calmar la sed, más que por frases dichas a distancia, hilvanadas nerviosamente detrás de un cable telefónico o una pantalla fría de computadora.

Son seres unidos por la mente, por el cuerpo que transitan juntos, tomados de la mano, las veredas de la ciudad, el mismo sendero que les tocó vivir, que se aman desde un día lejano casi lejano, que comparten sus mejores vivencias y también la carga durísima de sus frustraciones.

No se si puede aceptarse desde el punto de vista ético que yo, el psicoanalista de Anita, haga tracender estos hechos. Pero mi vocación por la literatura puede más. Si alguien reconoce a Anita, Roberto y Mariano detrás de la mascara de estos nombres figurados, le rogamos discreción. Después de todo, es la realidad de muchos matrimonios, de modo que no sólo los protagonistas auténticos de estas líneas pueden ser los actores de esta obra.

Quizás, alguna vez, puedan mirarse enfrentados a la luz, sin tapujos, con las manos libres, con el espacio circundante vacío, para elegir con quien compartirlo. Hoy son felices así como hasta ahora, con su amor clandestino. Anita sonrie, sabe que Roberto si leyera su pensamiento también lo haría. Sabe que se está preparando. Ambos se reconocen detrás de cada pensamiento, en el deseo con que se abrazarán desnudos en un rato más. Porqué ambos se aman así, sin más. Van a encontrarse para pasar otra tarde gimiendo enloquecidamente de amor, bañados en transpiración, en un cuarto de hotel.

Sueño de una noche de verano

Son las siete de la tarde. Es hora de iniciar este ritual que tanto me agrada, esta hermosa rutina: la preparación para nuestro encuentro. En tres horas más estaremos juntos, desnudos en la pieza del telo. Me gustaría que ya sean las diez de la noche. Ardo de exitación.

Primero, con la lentitud que – como decís vos- tanto me caracteriza, me dirijo al baño, tapo la bañera, abro la canilla regulando el agua a la temperatura deseada. Después, le agrego sales, las florales que tanto te agradan. ¡ Que hermoso te siento cuando recorrés lentamente mi cuerpo con tu boca! Espero que la dichosa bañera se llene hasta el nivel deseado para poder sumergirme y gozar así de un tiempo de relax, previo a nuestro encuentro de amor. Después me maquillaré brevemente- se que no te gusta la mujer con exceso de revoque- y a continuación me pondré las prendas interiores negras que tanto te gustan y el resto de la ropa.

La música de fondo será esta vez Vivaldi, las Cuatro Estaciones para ser más precisa. Los movimientos lentos me recuerdan los dulces momentos en que- luego de acabar- te quedás acurrucado en mi cuerpo. La serenidad que transmite el conjunto de la composición me parece que hace un delicioso contraste con tu salvajismo en la cama. Es fundamental estar en clima con vos, porque al transponer la puerta del ámbito que nos cobijará, vos te transformás en un ser tan tierno y ardiente que es necesario tener todos los sentidos bien abiertos y así recibir esa catarata abrumadora de caricias que inician tus manos al posarse en mi cintura, para ubicarse al final en mi espalda y trasladarse inmediatamente a mi cola. Luego te gusta comprimir con nerviosismo mis pechos mientras tu boca se abre golosa, sumergiéndo tu lengua dentro de mi boca, como queriendo ahogarme en ese mar de besos interminable, que nos hace volar hasta ese territorio indescifrable llamado por algunos felicidad.

Me hundo en la dichosa bañera, pero sueño que sos vos y no el agua quién me cubre. Ya estoy dentro. El aroma que emana es sumamente agradable. Imagino qué cara pondrías al estar compartiendo conmigo este momento ! Te instalarías cómodamente cuan largo sos, mi amor, en la bañera. Abrirías tus piernas, regularías la temperatura del agua de tibia a caliente, me invitarías a participar del momento tan especial. Seguramente yo haría lo imposible por tratar de hacer el amor- sea en forma oral o por penetración- aprovechando la tibieza del medio circundante que nos incita a gozar cada vez más. No puedo sacar de mi cabeza estas imágenes excitantes. Mis dedos recorren un camino conocido, trato de acallar mis gemidos hasta que exploto en una sensación de goce posibilitada porqué tu rostro está en mi corazón y en mi sexo.

Quiero besar tu miembro, quiero hacete acabar para ser empapada por la catarata que exhala tu poronga de mis deseos. Pero lo que más deseo es tenerte dentro mío: me acerco a vos, frente a este hombre que me colma de felicidad. Vos estás con las piernas abiertas, me tomas por la cintura, yo a ti por los hombros, te beso largamente en la boca, en el cuello, en la oreja, te mordisqueo el lóbulo de una oreja primero, luego de la otra, me entretengo un rato con tu cuello, saboreo cada parte de tu piel, que tanto me agrada, hundo mis dedos en tus hombros, presiono tu espalda contra mi cuerpo En un momento mi mano derecha toma tu miembro, lo sostiene fuertemente, lo apreta para sentir sus latidos internos. No tenés idea de cuanto me agrada verte tan caliente conmigo, amor mio. Por fin, me cogés, los dos de pie.

¡Mi vida! Quiero que me penetres en el agua, cierro los ojos y coloco tu sexo dentro del mío. Tú encoges tus piernas, yo me arrodillo con las mías abiertas sobre ti, el agua nos mantiene flotando. Intentas tomar mi pecho derecho, lo saboreas. Es tu preferido. Creo que a esta altura de los acontecimientos el otro se pondrá celoso si no recibe tus caricias, al igual que mis labios, que ya están extrañando a los tuyos. Tus manos traviesas aprietan mis nalgas, hurgan mi cola, me pregunto y te interrogo entre gemidos si querría penetrarla quizás tu pene. Cómo me excitas cuando me tocas el orificio anal y la vagina simultáneamente ¡Es maravilloso sentir tus dedos dentro de mi sexo y también por detrás! Y cuando me chupas los pechos, mordisqueándolos, tapándote la boca con cada uno de ellos, sobre todo el derecho, que tanto te atrae! ¡Cómo me excitas cuando te quedas acostado y yo me subo arriba tuyo! Así, manoseando mis pechos o bebiendo el néctar del amor en mi cuerpo, luego yo me sumerjo en tu boca y saboreo la dulzura de tus labios.

La hora de relajación ha concluído. Mi mente se fue detrás de tu recuerdo disfrutando de antemano nuestro futuro encuentro. Mi piel te espera gozosa, suave. Transitarás por ella buscando el placer que tanto anhelás darte y darme, el mismo que tanto deseo brindarte, mi alma. Se acerca la hora de nuestra cita. Esta vez estrenaré un conjunto que viste en una vidriera hace poco, la ropa exterior hace juego con el color de la prenda íntima. Prometo no quitarme nada, dejarte todo a tí, a tu afanoso trajín, a tu deseo. Se que te gusta desvestirme. Pero vos tamnién comprendé mi desesperación por desnudarme para vos. ¡Quiero hacerte feliz! ¡Quiero ser feliz con tu amor! Quiero amarte, que me tomes, que hagas de mí lo que más quieras, que te hundas dentro mío furioso para acabar enteramente, dejándote vacío por completo ! Quiero gozar contigo ! Que beses mi sexo ! Que tu lengua juegue con mi clítoris hasta hacerme acabar tanto...! Que se agite mi cuerpo sin poder detenerse; que mi respiración se torne más rápida, más intensa, que no pueda controlar los impulsos de mi cuerpo y te pida más amor, más pasión, más de ese éxtasis inalcanzable que nos hace volar hacia alturas lejanas... mi vida !

Estoy esperándote simpre, aunque en realidad no se cuando te tendré. Por ahora, todo sigue igual. Mi marido que insiste con la comida, los chicos se pelean, la pila de ropa espera junto a la máquina de lavar. Después, los platos y si hoy tengo suerte el estará tan cansado que no me molestará. Mañana será otro día. Tan rutinariamente igaul al de hoy como fue cualquier dia del mes pasado y cualquiera del proximo. Todo será igual mientras no te conozca y me hagas tan felizmente tuya. En la espera de ese momento sublime, te amo desde aquí, ahora. Te amé antes, ayer. Te amaré luego, mañana y siempre.

Milton Keynes UK
Ingram Content Group UK Ltd.
UKHW040624281123
433408UK00002B/352